Das Gesetz der Leere

Transfer XXXVI

Andrej Blatnik

Das Gesetz der Leere

Erzählungen

Aus dem
Slowenischen
von Klaus Detlef Olof

Folio Verlag

Titel der Originalausgabe: Zakon želje. Ljubljana: Študentska založba, 2000
(Knjižna zbirka Beletrina)
© der Originalausgabe Andrej Blatnik

Mit freundlicher Unterstützung durch Kulturkontakt Wien

Die Handzeichnungen auf dem Titelbild und der Haupttitelseite stammen von
Paul Thuile.

Lektorat: Eva-Maria Widmair

© der deutschsprachigen Ausgabe
FOLIO Verlag Wien • Bozen 2001
Alle Rechte vorbehalten

Graphische Gestaltung: Dall'O & Freunde
Druckvorbereitung: Graphic Line, Bozen
Druck: Dipdruck, Bruneck

ISBN 3-85256-187-6

[INHALT]

Worüber wir reden 7
Näher 42
Zu eng beieinander 64
Ein dünner roter Strich 69
Als Martas Sohn zurückkehrte 80
Der Kronzeuge 85
Die elektrische Gitarre 88
Brief an den Vater 98
Noras Gesicht 101
Nein 106
Amtliche Version 109
The Pankerts spielen Love-Songs 126
Totale Erinnerung 140
Tag der Unabhängigkeit 148
Ein Glück 153
Oberfläche 159

[WORÜBER WIR REDEN]

Ich traf sie im Amerikanischen Zentrum. Ich mußte Carvers *What We Talk about When We Talk about Love* zurückbringen, an dem ich länger gelesen hatte, als erlaubt, und ich fühlte mich unwohl, war mißmutig, weil ich wußte, daß mich der mürrische Blick der Bibliothekarin und ein Kopfschütteln erwarteten, wenn sie vom heutigen Datum zur Frist für die Rückgabe des Buches zurückrechnen würde.

Um die Begegnung mit ihrem Unmut etwas hinauszuschieben, beschloß ich, noch ein wenig in den Zeitschriften zu blättern. Es war früher Vormittag, der Lesesaal war leer, nur sie saß an einem der hinteren Tische und las den *Esquire*, und vor ihr lag ein geschlossenes Buch, von dem ich, einer Unart folgend, den Titel ablas: *Female Criticism*.

Sie sah mich an, und mein Unwohlsein bekam einen Grund: Ich war ertappt worden, ein Beobachter, ein Spionierer, ein *Voyeur*. Ich mußte meinen Blick verdecken, ich mußte etwas sagen. Möglichkeiten gab es nicht viele. Ich fragte sie, ob sie sich für Frauenliteratur interessiere. Sie sagte, das sei die einzige Literatur, die sie interessiere.

Über Literatur zu sprechen ist eines jener wenigen Dinge, in denen ich mich auszeichnen kann. Ich ergriff die Gelegenheit. Ich sagte, ich sei nicht völlig überzeugt, daß Frauenliteratur überhaupt existiere. Sie blickte mich starr an. Ich breitete die Arme, als wollte ich sagen: Weißt du, was ich sagen will? Sie sagte, sie habe sofort gewußt: Wieder einer dieser typischen Phallokratenleser.

Da war ich machtlos, diese Direktheit trieb mir das Blut in den Kopf. Ich mußte schlucken und sagte, ich hätte zwei Bücher von Anaïs Nin übersetzt. Sie nickte und sagte, sie habe sie gelesen. Sie habe auch das dritte Buch gelesen, das ich übersetzt hätte, und das sei eine typische konservative, patriarchale Geschichte gewesen. Ein Mann, der für seine Familie sorge, Geld mache und alle Entscheidungen treffe, eine Frau, die ihm treu zur Seite stehe, und nichts mehr. Etwa von der Art. Typisch.

Ich traute mich nicht zu fragen, ob sie auch Bücher gelesen hätte, die ich geschrieben habe. Ich traute mich nicht zu fragen, wieso sie mich eigentlich kenne. Ich murmelte etwas in der Richtung, daß ich gerade auch einen Roman von Sylvia Plath übersetze und daß ich somit genaugenommen ein Liebhaber von Frauenliteratur sei. Im Unterschied zu ihr, die Männerzeitschriften lese. Diese Bemerkung überhörte sie und fragte mich, ob es mir für Frauenliteratur wirklich unumgänglich scheine, daß die Frauen als arme, mitleiderregende Hennen aufträten, wie etwa, seien wir doch ehrlich, in der *Glasglocke*. Einer derartigen Interpretation hätte sich vermutlich widersprechen lassen, doch ich schätze, daß ich dazu nicht gewillt war.

Offensichtlich waren wir zu laut, die Frau hinter dem Pult fing an bedeutungsvoll zu hüsteln. Obwohl wir neben ihr die einzigen in dem Raum waren, war das hier immerhin ein Lesesaal. Ich faßte Mut und fragte sie, ob sie gegenüber männlichen Angebern so streng sei, daß sie mich für einen Dreckskerl hielte, wenn ich sie zum Kaffee einladen würde. Sie sagte, nein, Kaffee trinke sie schrecklich (ja, genau so sagte sie es) gern. Aber sie zahle ihn sich selbst. Ich sagte, daß mir das völlig in Ordnung schiene. Sie stand auf und stellte ihr Buch zurück ins Regal. Für einen Moment fragte ich mich, ob sie es vielleicht nur deshalb so vor sich auf den Tisch gelegt hatte, um mich herauszufordern.

Wie auch immer, ich warf mein Buch entschlossen aufs Pult, brummelte meinen Namen, und als mich die Bibliothekarin mit ihrem Blick aufspießte und Luft holte, um ihrem üblichen Maß an Entsetzen und Mißbilligung leiernd Ausdruck zu verleihen, klopfte ich mit den Fingern auf den Tisch und sagte zu ihr, wir würden uns ein andermal unterhalten, weil ich es heute schrecklich (ja, genau so!) eilig hätte. Ich zwinkerte meiner neuen Bekannten zu, und sie zwinkerte zurück.

Etwas muß ich gestehen: Wenn es etwas Körperliches gibt, was mich bei Frauen anzieht, dann sind das große Augen. Sie hatte dazu noch eine Frisur, wie sie Glenda Jackson in *Women in Love* trug. Als ich gegenüber in der Konditorei Tivoli, zu der wir noch immer Petriček sagen, obwohl sie ihren Namen nicht aus politischen Gründen gewechselt hat, irrtümlicherweise meinen Kaffee süßte, was mir sonst nie passiert, sagte ich zu mir: Junge, Junge. Ich hätte das Buch ruhig noch einen Tag zu Haus behalten können. Ich hätte nicht herumspionieren müssen, was andere lesen. Ich hätte sie nicht ansprechen müssen. Oder ich hätte sie zumindest nicht zum Kaffee einladen müssen. Ja, das alles wäre nicht nötig gewesen.

Ich fragte sie, was sie im Leben so mache. (Es ist schwierig, mit einem unbekannten Menschen zu reden, ohne ihn früher oder später das zu fragen.) Nicht nur aufgrund der Ratschläge Erfahrenerer, die sagen, man solle intellektuellen Frauen aus dem Weg gehen, hoffte ich insgeheim, daß sie das Buch nur deshalb dort hingelegt hatte, um mich kennenzulernen. Dann würde ich vielleicht besser wissen, ob sich meine weiblichen Bekannten zu Recht beklagen, wenn sie sich in der Rolle der Beute wiederfinden. Um die Wahrheit zu sagen, ich sehnte mich geradezu danach, einmal selbst Beute zu sein. Schließlich ist das einzige, was man im Leben erwerben kann, Erfahrung.

Andererseits, worüber sollte ich mit ihr reden, wenn sich herausstellte, daß das Buch wirklich eine Falle gewesen war? (Das war irgendwie auch die Unterfrage in meiner Erzählung, an der ich damals gerade schrieb: Worüber kann man überhaupt reden?) Ich muß zugeben: In der wirklichen Welt, oder wie ich es nennen würde, bewege ich mich nur selten. Die Mehrzahl der Menschen, mit denen ich Kontakt habe, ist mir ähnlich. Wir gehen ins Kino. Wir lesen Bücher. Wir hören Platten. Nichts Schädliches, aber auch nichts, wie ich es nennen würde, Reales.

Und doch: Wenn mir all die gelesenen Bücher etwas gebracht haben, ist das Rhetorik. Die Kunst der Rede. Die Fähigkeit, auf jede Frage zu antworten, wenn ich Lust habe. Vielleicht nicht so, daß man mich versteht, bestimmt aber so, daß es interessant klingt.

Sie sagte, daß sie eigentlich nicht wisse, was sie im Leben mache. (Auch ich würde so antworten, dachte ich, und das bereitete mir eine seltsame Genugtuung.) Sie gehe ins Kino, lese Bücher, höre Schallplatten. In Ordnung, dachte ich bei mir. Das heißt, wir können eine gemeinsame Sprache finden. Ich fragte sie nach einem bestimmten Film, der gerade die Laibacher begeisterte, und sie sagte, er sei schrecklich. Ich dachte: Endlich einmal ein Mädchen, mit dem ich gern ins Kino gehen würde. Dann fragte sie mich, welche Zeitschriften ich im Zentrum gelesen hätte. Ich sagte, keine, ich sei nur gekommen, um ein Buch zurückzubringen. Sie fragte, welches. Ich nannte es ihr. Sie sagte, sie habe es gelesen, und ihr habe lediglich der Titel gefallen.

Das traf mich ziemlich. Ich fragte sie, warum. Sie sagte, es sei viel zu traurig, alle redeten aneinander vorbei. Ich sagte etwas Dummes, nämlich: Aber so ist das Leben!

„Eben", sagte sie. „Eben."

Wir schwiegen. Ich ließ den Löffel in der leeren Kaffeetasse kreisen. Jetzt ist es also passiert, daß ich keine Worte finde, dachte ich. Und das genau in dem Moment, wo ich sie endlich einmal wirklich brauchen würde. Ja, worüber könnten wir reden?

Obwohl uns die Worte fehlten, sagte keiner von uns beiden, er müsse eilig irgendwohin. Wir warteten einfach und schwiegen. Ihr Blick ging aus dem Fenster, meiner schweifte durchs Café. Am Nachbartisch saßen ein Junge und ein Mädchen. Sie zerknautschte eine Papierserviette, er las einen Comic strip.

„Schatz", hörte ich sie sagen, „warum redest du nie mit mir? Warum schweigst du immer?"

„Halt den Mund, Kleines", murmelte er.

„Manchmal glaube ich, daß du mich überhaupt nicht liebst", fuhr sie fort. „Du schweigst immer nur."

„Ich liebe dich", brummelte er. „Jetzt halt den Mund."

Ich sah ihm über die Schulter in seine Lektüre, wo auf einem auf dem Boden liegenden winzigen Kerlchen ein Riese herumhüpfte. Quer über das Bildchen geschrieben stand: SPLASH ... SPLASH.

Wieder sah ich meine Begleiterin an. Sie zog die Augenbrauen hoch. Sie sagte nichts. Wir wiegten unsere Kaffeetassen in der Hand. Die Kellnerin kam vorbei.

„Kann ich zahlen?" sagte ich und griff in die Tasche. Sie tat dasselbe. „Ich mach' das schon", sagte ich, wie ich es gewöhnlich sage.

„Nein", sagte sie, „nein. Das ist nicht fair."

Die Kellnerin sah uns verwundert an.

„Ist doch egal", sagte ich. „Laß, es macht keinen Sinn."

„Nein", sagte sie, „nein. Es macht Sinn. Wir haben es abgemacht."

„In Ordnung", sagte ich, „also zahlst du. Ist ja egal."

„Auch deinen?" fragte sie.

Ich wollte schon sagen, nein, meinen zahle ich selbst. Aber mir schien wirklich, daß es keinen Sinn machte. Und die Kellnerin blickte bereits im Lokal umher. Ich störe nicht gern den Rhythmus der Welt.

„Gut, wenn du willst", sagte ich. „Mich stört es nicht."

Sie nickte und sah mich an. Sie hielt das Geld von sich, aber sah mich an. Ich sagte schon – große Augen.

„Stimmt so", sagte sie zur Kellnerin, die Kleingeld zurückgeben wollte. Die murmelte etwas und stopfte das Geld in die Tasche. Sie entfernte sich rückwärts vom Tisch und sah uns an, bis sie gegen einen der ankommenden Gäste stieß.

Wir sahen uns an. Irgendwo im Hintergrund hörte ich ein Lachen und drehte mich blitzartig um. Nein, es galt nicht mir. Gymnasiasten sahen sich Bilder in einer Zeitschrift an, die sie gerade aus der Plastikhülle gezogen hatten. Ich kannte die Zeitschrift. Ein ehemaliger Nachbar von mir redigierte sie. Pornographie.

So, überkam es mich, als ich langsam den Kopf zurückdrehte, dann lacht eben sie mich aus. Ich habe es verdient. Ich Paranoiker.

Sie lachte nicht. Sie sah mich an, noch immer in die Augen, und nickte.

„Was?" fragte ich, irgendwie provozierend.

„Nichts", sagte sie.

Für einen Moment verhielt ich. „Na, dann gehen wir", sagte ich versöhnlich. „Wohin gehst du?"

Sie zuckte mit den Achseln. „Nach Haus", sagte sie.

Also doch ein braves Mädchen, dachte ich und biß mir sofort auf die Lippen. Benimm dich, ohne Spott.

„Und wo ist das?"

Sie nannte mir die Straße. Ich hatte noch nie davon gehört.

„Soll ich dich hinfahren?"

„Liegt es für dich auf dem Weg?"

„Ich weiß nicht, wo das ist", gestand ich.

Sie lächelte.

„Ich kann mit dem Bus fahren."

„Nein", sagte ich, „ich fahre gern. Man muß auch unbekannte Gegenden kennenlernen."

Das war nicht gerade geistreich. Du kannst auch unterhaltsamer sein, tadelte ich mich.

Sie war barmherzig, sie tat so, als hätte sie es nicht gehört.

„Würdest du mich wirklich hinfahren?" fragte sie.

„Glaubst du, ich mache Witze?" sagte ich.

„Vielleicht hast du es dir überlegt, jetzt, wo du mich bei Tageslicht siehst."

Ich war nicht überzeugt, daß sie scherzte.

„Ich habe dich schon vorher gesehen. Als wir über die Straße gingen."

„Das zählt nicht", sagte sie, „da haben wir über Bücher gesprochen, und wenn man über Bücher spricht, sieht vermutlich alles anders aus. Schöner, angeblich."

Ich wußte nicht, ob sie mich auf den Arm nahm oder ob es ihr Ernst war. Es klang ernst, aber ich wußte, daß ich erschrecken und sie in Ruhe lassen würde, wenn ich zu dem Schluß käme, daß sie es ernst meinte. Deshalb dachte ich mir lieber, daß sie mich nur auf den Arm nahm.

Wir kamen zum Auto.

„Hier sind wir zwei", sagte ich. Ach, zum Teufel mit dem slowenischen Dual. Der brachte mehr Intimität, als ich in diesem Moment bereit war zu akzeptieren. Ich schloß ihr die Tür auf.

Als wir im Auto waren, warf ich den Motor an und fragte sie:

„Und wohin soll's gehen?"

„Du fährst mich nicht nach Hause?" war ihre Antwort.

„Natürlich", sagte ich, irgendwie verwirrt. „Und wo ist das?"
„Fahr nur. Ich sage es dir schon unterwegs."

Ich fuhr nervös, ich wechselte von Fahrstreifen zu Fahrstreifen, bremste heftig. Natürlich versuchte ich so locker wie möglich zu sein. Aber sie redete wie bei einer Fahrprüfung: „Da entlang. Dort links. Rechts." Und dann: „Halt an. Wir sind da."

„Hier?" sagte ich. Es war ein großer Parkplatz in einer der Schlafsiedlungen. Um uns wuchsen die Hochhäuser.

„Hier wohne ich", zeigte sie irgendwie unbestimmt nach oben, „was soll ich machen? Kommst du mit auf einen Kaffee?"

„Auf einen Kaffee?" stellte ich mich blöd. „Wir haben doch schon einen getrunken, oder?"

„Also kommst du nicht mit", sagte sie. „Dann danke für die Fahrt."

Mir war, als nähme sie mir die ganze Initiative, und das durfte ich nicht zulassen.

„‚Auf einen Kaffee gehen' ist angeblich nur eine Phrase, hinter der etwas ganz anderes steckt", beeilte ich mich zu sagen.

„Was?" fragte sie und sah mich aufmerksam an.

„Nun, alles mögliche. Daß man eben etwas trinkt oder so. Geselligkeit. Darum geht es doch. Um Geselligkeit."

Sie sah mich noch immer an.

„Auf einen Kaffee", wiederholte sie hartnäckig. „Dahinter steckt gar nichts. Nur auf einen Kaffee. Kommst du oder nicht?"

Es klang nicht ungeduldig.

Ich wußte: Wenn ich sage, daß ich nicht mitgehe, bin ich der moralische Sieger. Dann war ich im Vorteil. Aber dann müßte ich Tag für Tag im Amerikanischen Zentrum herumhängen, damit die Sache weiterging. Und ich hatte keine Zeit. Und trotzdem hatte ich genug Zeit, um zu wollen, daß die Sache weiterging. Also sagte ich, ja, ich komme mit.

In ihrer Wohnung fühlte ich mich ungewöhnlich heimisch für einen Ort, an dem ich zum ersten Mal war. Erst nach einiger Zeit bekam diese Harmonie mit dem Raum ihre Erklärung: Es herrschte ein einziges Durcheinander. Ich hatte mir nie Unordnung erlauben dürfen, die für mich die einzige natürliche Existenzweise der Dinge war. Anfangs hatte mir meine Mutter das nicht erlaubt. Dann die Frau, mit der ich lebte. Es galt: Über die Oberhaut bringt man die Welt in Ordnung. Vielleicht stimmte das, aber wenn alles aufgeräumt war, fühlte ich mich einfach nicht mehr wohl. In die Ordnung paßte ich irgendwie nicht hinein.

Hier, hier war es anders.

Auf dem Boden lagen Bücher, Zeitschriften, Kleider. Büstenhalter. Meine Freundin trägt keinen.

Ich bemühte mich zu verbergen, daß ich mich umsah. Aber sie bemerkte es, natürlich hatte sie es bemerkt. Sie tat so, als ob nichts wäre. Als ob alles in Ordnung wäre. Mut, dachte ich. Einen Unbekannten in eine solche Unordnung einzuladen, dafür braucht es in der bürgerlichen Welt Mut. Oder Wahnsinn.

„Also Kaffee", sagte sie und verbarg die Ironie nicht.

„Natürlich, Kaffee", entgegnete ich. „Was sonst? Deshalb bin ich hier."

„Komm, erzähl", sagte ich, als es im Topf blubberte, „was machst du wirklich?"

„Ich telefoniere", sagte sie. „Ich telefoniere viel."

„Ach, wirklich?" sagte ich. „Dann können wir uns einmal anrufen."

Sie sah mich ernst an.

„Ich bin sehr besetzt."

„Ich auch", beeilte ich mich.

„Ich meine, am Telefon."

„Aber es klingelt ja gar nicht."

„Heute habe ich meinen freien Tag", gab sie zurück.

Damit konnte ich wirklich nichts anfangen. Offensichtlich drückte sie sich gern kompliziert aus. Ich trank meinen Kaffee und sah sie an. Auch sie sah mich an. Ohne jedes Unbehagen. Wir schwiegen.

„Und was machen wir jetzt?" sagte sie dann.

„Jetzt werden wir uns küssen", sagte ich.

„Das bestimmt nicht", sagte sie.

„Das Gefühl habe ich auch", sagte ich.

„Warum hast du es dann so gesagt?"

Ich zuckte mit den Achseln.

„Du hast gedacht, du müßtest es tun. Aber das ist nicht nötig."

Ich gab keinen Kommentar. „Und was schlägst du vor?" fragte ich.

„Wir können reden."

„Worüber?"

„Über das Küssen, wenn du willst."

„Das ist allzu unschuldig", sagte ich.

„Gut, dann über etwas weniger Unschuldiges."

„Worüber?" spielte ich den Naiven.

„Genau darüber", sagte sie ruhig.

„Darüber spricht man nicht, das tut man", widersprach ich.

„Du bist aber altmodisch", sagte sie.

„Und was ist modern?" fragte ich.

„Daß man es nicht tut, sondern nur darüber spricht."

„Warum?" sagte ich. „Wegen AIDS?"

Sie lächelte. „Was heißt AIDS! Bist du verrückt?"

„Hast du keine Angst davor?"

„Ich habe keinen Grund", sagte sie. „Warum sollte ich Angst davor haben?"

„Ich habe gedacht, weil auch das modern ist. Alle, die ich kenne, haben davor Angst."

„Das sagen die Frauen zu dir als Ausrede, weil sie nicht mit dir schlafen wollen."

Ich beschloß, das überhört zu haben. Die Frau verstand sich auf Schläge unter die Gürtellinie. Gut. Sehr gut.

„Ich habe einen Kollegen, der tritt seine Frau unterm Tisch, wenn sie bei seinen Eltern auf Besuch sind, daß sie den Salat nicht aus derselben Schüssel essen soll wie seine Eltern", sagte ich. „Kannst du dir das vorstellen? Vor dem eigenen Vater und der eigenen Mutter hat er Angst!"

„Ist es nicht schön, daß er seiner Frau mehr vertraut als seinen Eltern?" widersprach sie.

„Oder er ist einfach ein Paranoiker", machte ich eine Andeutung.

„Du machst dich gern über andere lustig", sagte sie sachlich.

„Ja", gab ich zu.

„Ich auch."

Daran zweifle ich nicht, dachte ich. Aber ich sagte nichts. Wahrscheinlich hatte ich Angst, sie würde zurückschlagen. Ich wollte keine Steigerung.

„Wollten wir nicht reden?" fragte sie.

„Worüber? Ich weiß nicht, ob ich dazu viel zu sagen habe."

Mir wurde klar, daß ich allmählich in die Defensive geriet.

Sie rührte in ihrer Kaffeetasse.

„Dann nicht", sagte sie.

Jetzt wußte ich nicht, was ich sagen sollte. Ich stürzte meinen Kaffee hinunter. Er war nicht gut. Zu süß. Sie hat mich nicht gefragt, wie ich ihn trinke, dachte ich. Sie hat ihn einfach gemacht, wie sie ihn immer macht.

„Danke für den Kaffee", sagte ich.

„Du gehst?" fragte sie.

Ich nickte. Ich habe das meinige erledigt, sagte ich mir. Jetzt werde ich nicht im Amerikanischen Zentrum nachschauen müssen, ob sie wieder irgendein seltsames Buch liest. Eine interessante Frau, keine Frage, aber so eine erwartet mich schließlich auch zu Haus. Und die macht den Kaffee nicht süß, sie trinkt ihn so wie ich. Der Kaffee ist in diesem Fall natürlich eine Metapher. Er steht nicht für sich, sondern für alles. Nun, nicht für alles, aber bestimmt für vieles.

Ich stand auf. Ich ging zur Tür. Sie kam mir nach. Wenn sie mich jetzt fragt, ob wir uns irgendwann wiedersehen, werde ich sagen, vielleicht, überlegte ich. Und dann kann sie gern in den Lesesaal gehen und warten, daß ich einmal vorbeischaue.

Sie sagte nichts. Ich stand im Vorzimmer und sah auf die Telefonkabel, die aus der Wand in alle Räume liefen. Ein Babylon an Kabeln. Ich verstehe, sie telefoniert viel, dachte ich, aber: Hat sie noch nichts von drahtlosen Telefonen gehört? Es stimmt, manchmal kommst du einem anderen in die Leitung, aber trotzdem braucht man nicht in jedem Zimmer einen Apparat. Das war bei ihr offensichtlich der Fall. Und einen hatte sie auch im Vorzimmer. In dem Fensterchen unter der Tastatur stand eine Nummer. Einfach, geradlinig, elegant. Ich merkte sie mir sofort, ohne es wirklich zu wollen. Was soll man machen.

„Adieu", sagte sie. „Und danke für die Gesellschaft."

„Adieu", sagte ich. „Und danke für das Gespräch."

„Ich kann es auch besser."

„Das glaube ich", sagte ich. Und wartete, was sie sagen würde. Mir lag schon ein Vielleicht auf der Zunge.

„Okay, dann mach's gut", sagte sie.

Ich schluckte das Vielleicht hinunter, nickte und schob mich durch die Tür. Ich sah mich nach dem Namensschildchen um. Kein Namensschild. Und unten in der Eingangshalle, an dem Briefkasten, der zu ihrer Wohnung gehören mußte (ich hatte auf das Namensschild an der Nachbartür gesehen und den Nachbarn ihres Briefkastens gesucht), ganze sieben Namen. Eine Mietwohnung eben. Die geht von Hand zu Hand. Nun, ich kannte ja ihre Telefonnummer, das ist mehr, als ich benötige, dachte ich.

Auf der Fahrt nach Haus überfuhr ich fast einen Hund, der über die Straße lief, vor den Ampeln trieb mich erst das Hupen der Autos an, die hinter mir warteten. Die Sache ist nicht einfach, sagte ich zu mir und machte einen genauen Plan für den Nachmittag: Zuerst mit dem Mountainbike auf die Šmarna gora, dann unter die kalte Dusche und mit meiner Lebensgefährtin ins Kino, dann koche ich ihr mein bengalisches Curry, und dann soll kommen, was kommen will.

Schön wär's! Zu Hause erwartete mich ein Zettel: „Brane hat angerufen, und wir sind in die Berge. Ich komme Samstag zurück. Tipp schön. Deine."

Von all den Tagen, für die sie mir ihren Marsch über die Hügel angekündigt hatte, mußte sie gerade diesen nehmen, wo wir es uns zusammen hätten so schön machen können, dachte ich. Aber ich muß zugeben, daß ich so auch gedacht hätte, wenn sie irgendeinen anderen Tag genommen hätte.

Jedenfalls änderte ich meine Pläne leicht. In aller Eile machte ich mir Spaghetti, schluckte sie lustlos hinunter, dann machte ich mich ans Tippen. Und zwar genau dieser blöden Geschichte, die von der Frage handelt, worüber man überhaupt reden kann. Deutlich kam mir jetzt immer wieder in den Sinn, daß wir es offensichtlich nicht nur können, sondern daß wir sogar über alles reden müssen, selbst über Dinge, die wir nur getan und über die wir wenig oder überhaupt nicht geredet haben, wenn es irgend möglich war. Mit solchen Überlegungen stellte ich natürlich alle feinen Anspielungen auf den Kopf, die ich zuvor sorgfältig in den Text eingeflochten hatte, und die ganze Sache führte offensichtlich nirgendwohin.

Ich sah ein, daß ich mir das mit dem Reden noch einmal überlegen mußte, und rief Branes Frau an, die genauso ungern wie ich in die Berge ging. Ich wollte sie auf das bengalische Curry einladen, für ein Curry ist es nie zu spät, und auf ein intensives Gespräch über das Reden; und außerdem, das mußte ich mir eingestehen, wollte ich eine gewisse Symmetrie herstellen und meiner Gefährtin, wenn sie zurückkommen und mir mit strahlenden Augen von den Naturschönheiten in zwei Kilometer Höhe berichten würde, mit gleicher Begeisterung den Reiz langer Gespräche mit der Freundin ihres Höhenbegleiters vorführen können.

Aus der Sache wurde nichts; Branes Freundin war nicht zu Hause, wie immer hatte sie, sofort nachdem er in die Berge gegangen war, die Gelegenheit genützt und war zu einem ihrer Verehrer geeilt. Ich wußte, daß sie nicht zurückkommen würde und daß ich jemand anderen zum Plaudern finden mußte. Und genauso wußte ich, daß den meisten meiner Bekannten das Problem papieren, theoretisch, an den Haaren herbeigezogen erscheinen würde. Zum Unterschied von Branes Freundin, die immer zu allem bereit war und die alles ernst nahm und bis zum Ende ging. Wahrscheinlich verbrachte Brane deshalb so viel Zeit in den Bergen.

Natürlich wählte ich die Nummer meiner Vormittagsbekanntschaft. Zweimal piepste es, dann war ein Kratzen im Hörer, und ihre Stimme, weicher als in Wirklichkeit und ein wenig rauh, sagte: „Hier spricht mein Anrufbeantworter. Ich habe heute meinen freien Tag."

Ich war leicht ungehalten. Freier Tag, natürlich. Das hörte ich heute schon zum dritten Mal. Aber für gewöhnlich sind die Leute an ihrem freien Tag zu Haus, solche Mitteilungen hinterlassen sie, wenn überhaupt, auf dem Anrufbeantworter im Büro.

Es gab also kein Gespräch, und so rief ich meinen Bruder an, ob er irgendwelche interessanten neuen Filme auf Video habe. Er kam mir mit einer derartigen Liste, daß ich es nicht bis zum

Ende aushielt und mich für Altmans *Short Cuts* entschied. Mein Bruder brachte mir die Kassette auf dem Weg vorbei, als er zur Abendvorstellung in die Kinothek ging, und zum Zeichen der Dankbarkeit fragte ich ihn, ob er vielleicht ein wenig Curry wolle. Begeistert nickte er, und die Enttäuschung, die eintrat, als ich mich erinnerte, daß ich überhaupt kein Curry gemacht hatte, und ihm kalte Spaghetti anbot, war für ihn nur schwer zu verwinden.

Meine Stimmung hob sich erst durch den Film: Ich unterhielt mich bestens, als ich sah, wie das Mädchen ihr Kind wickelte und nährte und zugleich in das unters Kinn geklemmte Telefon Schlüpfrigkeiten keuchte, für die sie jemand aus seinem vom Munde Abgesparten bezahlte. Ihr Mann irrte durch die Wohnung und guckte alle paar Minuten in den Kühlschrank. Was will man machen, Arbeit ist Arbeit. Und dann fragte er sie auf einmal: Und warum redest du mit mir nie so? Zum Schießen.

Als die Kassette aus war, zappte ich noch ein bißchen durch die Satellitenprogramme, bis ich zu einer Gruppe großteils entblößter junger Damen kam, die offensichtlich irgendeine TV-Verkaufssendung würzen sollten, und blieb ein wenig bei ihnen. Dann schlief ich ein.

Das erste, was mir am Morgen in den Sinn kam, war, ich bin heute noch allein, morgen aber schon kehrt mein Weibchen ins Tal zurück, und es gilt keine Zeit zu verlieren. Wenn das Schreiben nicht läuft, wird es wohl das Nützlichste sein, wenn ich sie auf die Pflege von Sozialkontakten verwende. Ich beschloß, es wieder mit der einfachen, geradlinigen, eleganten Telefonnummer zu versuchen und ihre Besitzerin zu fragen, wie es ihr geht, und ob ihr freier Tag schon vorbei und sie wieder zu Hause ist. Ich hatte Karten für eine Filmvorpremiere. Das wäre vielleicht kein schlechter Beginn für den Abend.

Dieses Mal kratzte nicht der Anrufbeantworter, sofort meldete sich ihre Stimme, wieder ganz weich, willig und freundlich.

„Hier bin ich", sagte sie. „Sag die Chiffre."

„Welche Chiffre?" fragte ich dumm.

„Na die Chiffre, unter der du das Geld überwiesen hast", sagte sie irgendwie überrascht.

Ich verstand immer weniger.

„Ich habe nichts überwiesen."

Sie schwieg einige Zeit, dann sagte sie: „Dann werden wir eben nicht miteinander reden." Und legte auf.

Ich wußte nicht, ob ich verwirrt oder beleidigt sein sollte. Auf jeden Fall gab mir ihre Erwartung, daß ich für das Gespräch zahlen würde, zu denken, und ich setzte mich zurück zu meiner Geschichte und führte sie in dem Sinne aus, daß wir zwar über alles reden können, daß aber nur jene Gespräche etwas wert sind, zu denen es unter großen Schwierigkeiten kommt. Ich deutete an, daß es sich dabei um Gespräche über Dinge handelt, über die die Menschen für kein Geld reden wollen.

An der Geschichte schrieb ich den ganzen Tag, zwischendurch briet ich mir ganz auf die Schnelle jenes Hähnchen, das ich für das Curry aufbewahrt hatte, und schnitt mir davon jedesmal, wenn ich Hunger verspürte, ein Stückchen Fleisch ab. Dann brauchte ich mich nur noch zu rasieren und beeilte mich ins Kino.

Daß ich zwei Karten hatte, wurde mir erst bewußt, als ich sie dem Platzanweiser hinstreckte. Der sah mich verwundert an. Ich zog die Hand zurück und schaute mich um. Die Vorstellung war ausverkauft, ganz sicher war noch jemand ohne Karte.

Natürlich gab es diesen Jemand. Natürlich war sie es. Solche Geschichten kennen wir ja. Wir wissen ja, wie diese Dinge gehen. Ich winkte ihr. Sie kam näher, was sollte sie machen?

„Gehst du ins Kino?" fragte ich. Scharfsinnig, keine Frage.

„Nein."

„Was machst du dann hier?"

„Ich hatte vor, ins Kino zu gehen, aber es gab keine Karten mehr."

„Aha", sagte ich. „Na dann komm mit."

Selige Unmittelbarkeit, die Wunder wirkt. Sie kennen das: Vielleicht könnten wir, und wenn ja, wann, und sollten wir nicht lieber ... Und dann wird daraus natürlich nichts. So aber saßen wir in der letzten Reihe des gedrängt vollen Saales, und auf der Leinwand vor uns lief eine Geschichte nach einem äußerst löchrigen Szenarium ab. Die Schauspieler wollten *straight, cool & fancy* sein, waren aber nur irgendwie dumpf und stumpf, und wir sahen uns alle Augenblick an und lächelten, etwa: Was muß der Mensch alles ertragen, wenn er gern ins Kino geht.

Aber eine solche Qual hat die positive Eigenschaft, daß sie in gut zwei Stunden mit Sicherheit vorbei ist, und als endlich das Licht anging, fuhren wir, die wir noch im Sessel geblieben waren, voller Schwung auf und fingen an, voreinander den Kopf zu schütteln: So einen Schwachsinn bitte nicht!

„Wieviel schulde ich dir für die Karte?" fragte sie.

„Das geht nun wirklich nicht, daß ich dir dafür noch eine Rechnung ausstelle, wo ich dich in dieses Unglück geschleppt habe", wehrte ich ab. „Ohne mich wärst du besser davongekommen, du wärst etwas trinken gegangen und nicht in diesen Dreck ..."

Sie verstand die Andeutung.

„Wenn du kein Geld willst, können wir ja jetzt auf einen Drink gehen", sagte sie.

„Natürlich, gern", griff ich zu.

Sie sah sich um. „Wohin?" fragte sie.

Ich führte sie in das Café, wo ich meine Studentenjahre verbracht hatte. In letzter Zeit war es zum Treffpunkt selbsternannter Erfolgsunternehmer geworden und war deshalb immer voll, ich kannte aber die Besitzerin, die Künstlern gegenüber eine Sympathie hegte und auch selbst einmal so etwas Ähnliches gewesen war, und als sie mich erblickte, wie ich sanftmütig den Gorilla an der Tür davon zu überzeugen versuchte, daß es sicher irgendwo noch ein leeres Eckchen gab (die ganze Zeit über quälte mich der Gedanke, daß solche Sanftmut sicher nicht den rechten Eindruck auf meine Begleiterin machen würde), kam sie her und führte uns in ein nettes kleines Séparée. Damit gab sie mir effektvoll meine Würde zurück, vor allem aber mit der Erklärung, daß dieser Tisch ansonsten für den Präsidenten freigehalten werde, daß er aber heute, nach allem zu urteilen, nicht komme, und wenn dies doch der Fall sei, sie schon irgendwie zurechtkämen. Als ich dankbar lächelte, tätschelte sie mir den Arm und eilte davon.

Die großen Augen sahen mich noch größer an.

„Ich bin noch nie hier drinnen gewesen", gestand sie. „Also, tagsüber schon, tagsüber geht es, aber abends noch nie."

„Noch nie?" wunderte ich mich. Ich schüttelte den Kopf und winkte dem Kellner.

Da sie die erste Runde ausgegeben hatte, wollte ich unbedingt die zweite zahlen. Dann war wieder sie an der Reihe, denn ich hätte ihr schließlich die Karte gegeben, doch es gibt ja auch noch männlichen Stolz, und es geht wirklich nicht an, daß die Frauen bezahlen, jedenfalls nicht mehr als die Männer. Und so tauschten wir allmählich, als wir das Bestellen und den Streit um das Bezahlen ein paarmal wiederholt hatten (weil in dem Café die Kellner genauso bemüht tranken wie die Gäste, hatte die Chefin mit fester Hand die Regel eingeführt, daß jede Runde gleich bezahlt werden mußte, da sonst die Zahlen auf seltsame Art durcheinandergerieten und verlorengingen), ziemlich intensiv unsere Meinungen über die Entwicklung beziehungsweise den

Rückschritt des Films seit *Casablanca* aus, streiften die hohen Wohnungsmieten, priesen die neuen Zeiten, in denen die Lokale viel länger offen haben als in unseren Studentenjahren, und so weiter. *Small talk.*

Dann bemerkte ich aus dem Augenwinkel, daß die Bedienung dort, wo die Gäste bereits aufgebrochen waren, schon die Stühle auf die Tische stellte, und gelangte zu der Erkenntnis, daß der Abend nicht ewig dauern würde.

„Kann ich dich etwas Persönliches fragen?" sagte ich und faßte nach ihrer Hand. Ein wenig zuckte sie zusammen, aber sie zog sie nicht zurück. Gut. Gut. Wenn sie nicht zusammengezuckt wäre, hätte das bedeuten können, daß sie überhaupt nicht registrierte, was ich tat – wir hatten genug getrunken.

„Frag nur", sagte sie.

„Was machst du so im Leben?"

Sie war verwirrt. „Arbeitest du am Sexophon?" fragte ich direkt.

Sie sah mich entsetzt an.

„Nein, um Gottes willen", sagte sie ganz leise. „Wie kommst du denn darauf?"

„Heute habe ich dich angerufen", sagte ich.

„Du hast doch gar nicht meine Nummer", entgegnete sie.

„Doch."

„Woher?"

„Sie steht auf deinem Telefon. Hast du das noch nicht bemerkt? Und als ich vorbeiging ..."

„Du hast mich angerufen?" fragte sie ungläubig.

„Ja, ich hab' dich angerufen, und du hast zu mir gesagt, ich solle dir die Chiffre nennen."

Mit beiden Händen griff sie nach ihrem Glas und stürzte den Rest des Getränks hinunter.

„Die Chiffre, unter der ich das Geld überwiesen habe."

Mit aller Kraft begann sie sich für die Flecken zu interessieren, die unsere verschiedenen Getränke auf dem Tischtuch hinterlassen hatten.

Ich wartete ein wenig, wegen der dramatischen Spannung.

„Ich habe dich etwas gefragt, wenn ich mich recht entsinne", flüsterte ich dann vertraulich.

„Ja", sagte sie. „Ja."

„Weißt du es nicht?" wunderte ich mich.

Sie gefror.

„Was?"

„Du weißt nicht, was du machst?"

Wieder gefror sie.

„Jetzt frag' ich dich schon zum zweiten Mal. Nicht zum zweiten Mal, zum dritten Mal. Zuerst beim Kaffee bei Petriček. Dann beim Kaffee bei dir zu Haus. Und heute haben wir wieder Kaffee getrunken, und wieder habe ich dich gefragt. Dieses Tempo halte ich nicht durch. Ich trinke zuviel Kaffee."

„Ich auch", murmelte sie.

„Schön, schön", tat ich ironisch. „Und was machst du sonst?"

„Warum interessiert dich das?"

„Es scheint mir etwas Ungewöhnliches zu sein. Du hast so viele Telefone zu Haus, als würdest du welche verkaufen. Aber wahrscheinlich verkaufst du sie nicht, diese Chiffre und das ... Hast du *Short Cuts* gesehen?"

„Nach diesem langweiligen Carver?"

Mir drehte es sich im Kopf vor Entrüstung, doch um der Konversation willen unterdrückte ich die Erregung.

„Ja, den. Dort gibt es ein Mädchen, das Geld verdient mit dem Erzählen von Schweinereien ..."

Sie unterbrach mich. „Brauchst mir nichts zu erzählen. Ich habe ihn gesehen. Natürlich habe ich ihn gesehen, was sonst."

„Und, machst du etwas Ähnliches?"

„Um Gottes willen, nein", protestierte sie empört. „Wie kannst du so etwas überhaupt denken!"

„Nun, alles das, deine Telefone, der Anrufbeantworter, dann der freie Tag, wenn du nicht zu Hause bist, und wie du angefangen hast von der Chiffre für das Geld zu sprechen ..."

„Sehe ich so aus? Als ob ich solche Sachen machen würde?" unterbrach sie mich.

„Überhaupt nicht. Aber das ist wahrscheinlich auch das Beste für diese Art von Geschäft."

Sie sah mich mit großen Augen an und suchte nach Worten. Jetzt begann es mich wirklich zu interessieren! Wenn ich sie so weit bringen könnte, mir zu erzählen, was die Menschen wollen, daß sie zu ihnen sagt, dann könnte ich das vielleicht in meiner Geschichte verwenden ...

„Wir schließen, der Herr", murmelte der rotnasige Kellner und stellte uns einen Stuhl auf den Tisch. „Und die Dame."

Sie fuhr in die Höhe.

„Ja", schoß sie heraus. „Ja, wir gehen schon."

Der Kellner sah sie verwundert an.

„Nun, nur langsam, keine Panik", schnurrte er gelangweilt. „Wenn nichts Weiteres, ist noch die letzte Runde zu bezahlen."

Ich warf einen angemessenen Betrag auf den Tisch, und der Kellner stopfte ihn sich nachlässig in die Tasche. Sie hatte ganz vergessen zu protestieren.

Als wir aus der Tür traten, sah sie auf die Uhr und war entsetzt.

„Was, so spät schon! Wer hätte gedacht, daß sie irgendwo so lange offen haben!"

„Nun, anderswo haben sie noch länger offen ...", machte ich eine Andeutung.

Die überhörte sie.

„Die Busse fahren nicht mehr", stellte sie fest.

Hilflos breitete ich die Arme aus.

„Und wie soll ich jetzt nach Hause kommen?"

„Du kannst bei mir schlafen", sagte ich unschuldig, so nebenbei, und strich mir die Falten auf meinem Jackett glatt.

Sie tat so, als hätte sie mich nicht gehört.

„Ich wohne hier in der Nähe", blieb ich hartnäckig. „Hundert Meter."

Sie sah mich an.

„Hast du dort dein Auto?"

„Ja", sagte ich verwundert.

„Kannst du mich nach Hause fahren?"

Ich schüttelte den Kopf.

„Wenn ich trinke, fahre ich leider nicht. Aus Prinzip", erklärte ich.

Sie starrte mich an. „Du machst Witze."

„Nein, wirklich. Aus Prinzip."

„Das ist nicht der richtige Moment für Prinzipien", sagte sie kühl.

Ich sah, daß es gefährlich wurde. Ich versuchte das Spiel zu beruhigen.

„Nun gut. Dann fahre ich dich eben nach Hause. Ich wollte dich nur noch versuchen zu überreden, bei mir zu schlafen."

„Warum?" fragte sie.

Ich konnte es einfach nicht glauben.

„Nachts ist mir langweilig", sagte ich verschämt. „Tagsüber zähle ich die Schäfchen, die beim Nachbarn über den Zaun springen, aber nachts sieht man so schlecht ..."

„Was redest du da? Was für Schäfchen?" stoppte sie mich.

Ich stieß einen Seufzer aus. „Ach, vergiß es. Gehen wir zum Auto, wenn du nach Hause willst. Unterwegs erzähl mir noch etwas von dir selbst."

„Was?" sagte sie beunruhigt.

„Nun, sagen wir, was du machst. Diese Chiffren und so."

„Ach das."

Ich begann die Geduld zu verlieren.

„Das, ja. Ist das ein Geheimnis? Wenn ja, mach dir keine Sorgen, ich kann Geheimnisse bewahren, du kannst es mir ruhig anvertrauen, bei mir ist es sicher."

„Meine Geschichte ist ganz einfach", sagte sie.

Das freut mich, dachte ich. Am Anfang hatte sie nämlich ziemlich pathetisch getan.

Wir kamen zum Auto. Ich sperrte die Tür auf und machte mich am Bügelschloß über dem Lenkrad zu schaffen. Ich lasse das Auto immer draußen stehen, da erfüllt ein solches kleines Schmuckstück durchaus seinen Zweck.

„Also ...", sagte sie und schwieg wieder.

Ich wartete ein wenig, dann richtete ich mich auf und sagte: „Bitte, ich werde dich nicht unterbrechen."

Sie sah an mir vorbei, und als ich mich umschaute, sah ich, wie sich drei Gestalten aus der Finsternis lösten.

„Was machst du denn hier, Mädchen?" sagte einer von ihnen, während die beiden anderen laut lachten. „Komm her, wir wollen ein bißchen Spaß haben."

Ich sah sie mir an, soweit das in dieser Finsternis überhaupt möglich war. Ich kannte sie nicht, sie waren nicht aus diesem Viertel, keiner von denen, denen ich manchmal etwas für ein Getränk gab, wenn sie mich darauf ansprachen. Dunkle Anzüge, nur auf ihren Schuhen blitzten Metallplättchen.

Sie machte einen Schritt zurück.

„Ich bleibe hier", sagte sie.

„Ohoho! Dann kriegen wir aber ein Problem!" brummte einer, die anderen beiden lachten wieder. „Aber das macht nichts, das bringen wir in Ordnung."

Die drei gingen auf sie zu. Ich interessierte sie überhaupt nicht.

Mir war klar, daß ich etwas tun mußte, aber ich war nicht sehr erfahren in solchen Situationen. Allerdings wußte ich wenigstens, wie man das in den Filmen macht.

Ich ergriff die Lenkradsperre und tat einen Schritt nach vorn. Was mache ich da, verdammt noch mal? entsetzte ich mich. Aber ein Zurück gab es jetzt nicht mehr – sie hatten schon bemerkt, was ich da tat. Auch sie.

„Nur friedlich, Burschen", sagte ich, selbst nicht gerade überzeugt. Der Bügel in meiner Hand rief in mir kein unbedingt vertrautes Gefühl wach.

Irgendwie kümmerten sie sich nicht sehr um mich.

„Zisch ab, Bosniaco", warf mir der Größte von ihnen über die Schulter zu.

Jetzt sah ich rot. Du nennst mich Bosniaco? sirrte es in meinem Kopf.

„So, Burschen", sagte ich. „So nicht, nicht mit mir. Macht euch auf etwas gefaßt."

Ich erntete einhelliges Gegröle.

Ich wiegte den Knüppel in der Hand und stellte irgendwie überrascht fest, daß er mir zu gefallen begann.

„Na, wer ist der erste?" sagte ich. „Denn so machen wir es doch? Einer gegen einen? Oder müßt ihr alle zusammensein, um etwas auszurichten?"

Der Größte sprang einen Schritt nach vorn.

„Kann ich? Kann ich?" beschwor er seine beiden Kumpanen ungeduldig, und die beiden nickten mürrisch.

„Du hast den Vortritt", murmelte einer neidisch. Das Bewußtsein, daß sie in mir eine leichte Beute sahen, verlieh mir den schrecklichen Willen, den Prügel tatsächlich über den Kopf zu heben und auszuholen. Trotzdem wartete ich. Du darfst nicht angreifen, sagte ich mir. Warte, warte, und wenn er näher kommt, schlag zu.

Der Größte besah mich genußvoll.

„Du willst also ein paar in die Fresse kriegen, sagst du?" meinte er und streckte die Hand aus. Mit den Fingern schnippte er mir gegen den Brustkorb.

„Der Süden", murmelte ich. „Der Süden." Ich hatte mich an eine Geschichte von Borges erinnert, in der sich einer, der überhaupt kein Messer halten kann, auf einen Kampf einläßt, und das deshalb, weil er auf würdige Weise sterben will. Ha, ein schöner Trost.

„Was ist, Bosnier, du möchtest wohl gern nach Haus zum Sterben, was?" sagte der Große. „Zu spät. Zu spät."

Er holte aus. Ich versuchte den Prügel zu schwingen, aber irgendwie ging es nicht. Er tanzte kraftlos über mir, geriet ins Trudeln, und als ich den Boden berührte, war mir klar, daß mein perfekter Schlag soeben seinen Angelpunkt eingebüßt hatte. Als der Große den Fuß hob, sah ich, wie meine Begleiterin ihren Mund mit den Händen bedeckte. Dann kniff ich die Augen zu.

Den Tritt konnte ich mit den Händen halbwegs abwehren. Er war überhaupt nicht so stark, wie ich mir vorgestellt hatte. Ich konnte ihn aushalten. Auch das Gefühl der Erniedrigung war durchaus erträglich. Solche Sachen können nicht immer nur anderen passieren.

Der Große trat einen Schritt zur Seite, und das verstand ich als Aufforderung aufzustehen. Ich wischte mir über das Gesicht und fühlte etwas Feuchtes. Ich hoffte, es wären keine Tränen. Blut macht auf Frauen mehr Eindruck, dachte ich sarkastisch.

„Was ist, sind wir schon fertig?" sagte ich verächtlich. Der Große sah mich verwirrt an. Wahrscheinlich kam es nicht gerade häufig vor, daß jemand mehr wollte.

Jetzt dachte ich nicht mehr an Fair play. Schlag zu. Schlag. Und ich schlug zu. Meine Hand umklammerte aus einem unerklärlichen Grund noch immer die Lenkradsperre, die sich dem

Großen zwischen die Beine keilte. Verwundert beobachtete ich, wie es passierte und er aufheulte, daß es richtiggehend weh tat.

Ich wußte, daß jetzt ich an der Reihe war und daß ich nicht so leicht davonkommen würde wie beim ersten Mal. Aber das ist es wert, sagte ich mir.

„Was wartet ihr, los, schlagt ihn zusammen!" stöhnte der Große, noch immer seltsam gekrümmt.

„Chef, die Blauen sind unterwegs", meldete ihm sein Komplize säuerlich. Und es stimmte, wie auch wir beiden Kämpfer endlich bemerkten, ein Polizeiauto kroch auf uns zu und übergoß uns mit blinkendem Blaulicht.

Der Chef drehte sich um und schätzte die Lage ab.

„Verdammt", lautete sein Urteil. „Verschwinden wir, los. Leine."

Und schon waren sie in vollem Lauf.

Der Wagen hielt direkt neben mir. Ich betastete mein Gesicht, und sie tupfte mich schon mit einem Spitzentaschentuch ab. Tatsächlich, in dem bläulichen Licht waren darauf Blutspuren zu erkennen.

„Was war das?" interessierte sich jemand über der heruntergedrehten Scheibe.

„Sie haben ihn angegriffen", beeilte sie sich mit der Antwort. „Zuerst wollten sie mich, aber er hat mir geholfen und ..."

„... Prügel bezogen", schloß der Polizist. „Alte Geschichte." Er leuchtete mir mit der Taschenlampe ins Gesicht, daß es mich blendete. „Abschürfungen. Wollen Sie Anzeige erstatten?"

„Gegen wen?" fragte ich. „Ich weiß ja nicht, wer die waren."

Der Polizist grinste fachmännisch.

„Džajić. Das waren Džajić und seine Leute, die kennen wir. Alte Bekannte. Zeigen Sie sie an, wenn Sie wollen. Oder auch nicht. Ihre Sache. Abschürfungen."

Er drehte die Scheibe wieder hoch und fuhr weiter.

„Also, wie finde ich denn das!" regte sie sich auf. „Da könnten sie einen umbringen, und dann fragen die ihn einfach nur, ob er sie anzeigen will!"

„Ich bin noch billig davongekommen", widersprach ich. „Schließlich habe ich mich aktiv an der Prügelei beteiligt, sie hätten mich einsperren können!"

Sie sah mich dankbar an und fragte besorgt: „Tut's weh?"

„Ganz wenig", dramatisierte ich.

„Wo wohnst du?" fragte sie. „Ich muß dir die Wunde auswaschen."

„Oh, in der Nähe, um die Ecke", betonte ich zufrieden.

„Komm mit."

Ich schöpfte sofort Verdacht, als wir die Eingangstür aufsperrten und im Treppenhaus Licht war. Aber ein Zurück war nicht mehr möglich. Und wirklich, vor meiner Tür stand meine Frau, mit umgeschnalltem Rucksack. Die Hand hatte sie in der Tasche, wahrscheinlich suchte sie gerade nach dem Schlüssel.

Meine Begleiterin lockerte etwas den Griff, mit dem sie mich ohne eigentliche Notwendigkeit stützte.

„Wo wohnst du denn?" fragte sie mich ganz leise. In diesem Stockwerk gab es zwei Türen, noch bestand die Möglichkeit, daß alles glattging. Obwohl es ihr etwas seltsam vorkommen mußte, daß ich der Nachbarin keinen guten Abend oder, besser noch, guten Morgen wünschte!

„Excuse me, I've just arrived by train from Istanbul", gurrte meine Frau in kehligem Englisch und sah mich frostig an. „I am looking for a friend of mine, Mister Križnar, but it seems I don't have the right address ..."

„But of course", griff ich zu, „Mister Križnar lives next door, you see. This is number seven and he is at number nine, next door ..."

„Oh, thank you so much! I already thought I'll spend the night walking around!" sagte sie und sah an uns vorbei. „By the way, what happened to your face?"

„Just a brief quarrel", sagte ich. „Caused by jealousy. Jealousy is a terrible thing."

„Sorry to hear about that! Ain't that a shame! And we are supposed to be civilized beings, aren't we? Anyhow, have a pleasant night ... from now on." Und ging.

„Hier spazieren nachts aber seltsame Vögel herum", hörte ich, während ich in der Tasche nach dem Schlüssel fischte.

„Oh, das ist noch gar nichts", murmelte ich und überlegte, welche Kompensation ich jetzt meiner Allerliebsten schuldete.

Endlich ging die Tür auf, und ich stürzte hinein. Sie sah mich ernsthaft an und sagte:

„Weißt du, ich werde nicht mit dir schlafen."

„Natürlich nicht, ich habe auch gar nicht geglaubt, daß du das tust. Warum auch? Wir sind ja beide erwachsene Menschen. Komm, komm schon herein."

Sie zögerte noch ein wenig, doch dann kam sie herein. Ich goß ihr etwas zu trinken ein und fläzte mich in den Sessel, ganz leise schickte ich die *Cowboy Junkies* über die Lautsprecher. Mit Watte, die in irgendeine Tinktur getaucht war, betupfte sie meine Abschürfungen, was mir ziemlich gegen den Strich ging, aber irgendwie hatte ich nicht mehr die Kraft, mich zu wehren.

„Jetzt sag aber", fing ich später wieder an, als die Wunden vermutlich schon verheilt waren und sie sah, daß wir wirklich nicht miteinander schlafen würden, auch wenn sie es sich überlegen würde, und dementsprechend beruhigt war, „womit, womit zum Teufel beschäftigst du dich?"

Sie holte Atem und sagte:

„Du wirst enttäuscht sein. Nichts Sexuelles."

„Gott sei Dank. Eine richtig angenehme Abwechslung ist das, wenn du etwas Banales tust, Geschirr verkaufst oder so. Am Sexophon arbeiten ohnehin schon alle, die ich kenne. Die Sache ist offensichtlich das Geschäft des Jahrhunderts."

„Ja. Und weil es ein solches Angebot gibt, geht den Menschen jetzt etwas anderes ab."

„Was? Gespräche über alltägliche Dinge? Über Glück, Fußball, Politik, Salatpreise?"

„Sei nicht zynisch. Es paßt zwar zu deinen Kratzern, aber ..."

Aha, dachte ich bei mir. Jetzt, wo ich mich über ihre hehre Tätigkeit lustig mache, sind das auf einmal Kratzer. Keine dramatischen Wunden mehr, lebendige Zeugen meiner Verletzungen, eingeholt beim edlen Beschützen ihrer Würde, sondern irgendwelche unbedeutenden Kratzer. Nun, gut. Soll sein.

„Also geht es doch nicht so sehr um alltägliche Sachen? Also doch etwas Besonderes?"

Sie überlegte und entschloß sich endlich.

„Eigentlich nicht. Die Leute erzählen mir einfach Geschichten, die sie erzählen wollen."

„Was für Geschichten?"

Sie sagte ruhig: „Die Geschichte ihres Lebens."

Ich starrte sie an. Bisher hatte sie unter solchen Blicken auf einen nicht existenten Punkt gestarrt, doch diesmal nickte sie langsam.

„Ich weiß, was du denkst. Große, pathetische Worte. Sie erzählen, was ihnen auf der Seele liegt. Was sie niemand anderem erzählen können."

„Was für Geschichten sind das?"

„Die unterschiedlichsten. Die einen sind richtig banal. Sie erzählen, wie sie vor einem halben Jahrhundert ihre Frau betrogen haben. Oder ihren Mann. Wie sie einen Kollegen verraten haben, der etwas falsch gemacht hat. Wie sie einen kleinen

Geldbetrag gestohlen haben. Irgend etwas Unbedeutendes. Andere sind so, daß ich mir wünsche, ich hätte sie nie gehört."

Ich verstand. Geschichten, wie auch ich eine hatte. Und die ich nie erzählt habe. Beziehungsweise von der ich mir wünschte, daß ich sie nie erzählt hätte. Denn meiner Frau, der ich sie erzählt hatte, schien sie nichts Besonderes zu sein. Mir aber sehr wohl. Weil sie eben meine war. Weil sie mir passiert war.

Ich verstand, wenn auch nicht alles.

„Aber warum erzählen sie sie dir? Warum nicht gleich irgendeinem Anrufbeantworter? Oder noch einfacher: dem Band in irgendeinem Kassettenrecorder auf dem Tisch?"

„Weil dann die Geschichte die gleiche bliebe. So, wie sie sie erzählen. Und so gefällt sie ihnen nicht. So quält sie sie."

„Und was ist, wenn sie sie dir erzählen?"

„Dann schreibe ich sie auf meine Weise auf. Und wenn sie sie dann lesen, ist es eine andere Geschichte. Die Geschichte eines anderen. Und dann können sie leichter beurteilen, ob sie sie zu Recht belastet hat. Oder ob es vielleicht möglich ist und im Grunde vielleicht sogar das Vernünftigste, sie zu vergessen."

Ja, diese Erklärung hatte ihre Logik. Ein wenig bizarr, aber immer mehr schien mir, daß genaugenommen alle Geschichten so sind, nur daß du es am Anfang nicht bemerkst.

„Wie lesen sie sie?"

„Ich schreibe sie in der dritten Person nieder. Ich denke mir nichts aus, ich füge nichts hinzu. Im Stil bin ich realistisch, sogar hyperrealistisch. Alle ihre begründeten oder übertriebenen Selbstbezichtigungen, alles billige Selbstmitleid, alles Bedauern – all das fällt weg. Es bleibt nur die Geschichte, die passiert ist. Keine Interpretation. Und wenn sie ein solches Gerüst vor sich haben, kann das Urteil ganz anders ausfallen als bis dahin."

„Aber ... die Chiffre, die Geldanweisung im voraus ... Das muß schrecklich kompliziert sein. Es gibt doch bei uns auch schon solche Nummern, die dir bereits beim Anrufen mehr als den Preis für eine Einheit berechnen."

„Schon, aber für solche Anrufe stellt die Post die Rechnung aus. Und wenn jemand, sagen wir, einer, mit dem du zusammenlebst, sich beklagt, bekommt er eine Auflistung der Nummern, die er angerufen hat. Die Sache scheint nicht allzu sicher zu sein. Eine Überweisung ist eher anonym. Und die Summe, die sie überweisen, ist fix. Sie können reden, soviel wie nötig, damit die ganze Geschichte aus ihnen herauskann. So geht das besser. Die einen reden eben schneller, es sprudelt nur so aus ihnen heraus, noch bevor sie zum Überlegen kommen. Andere ..."

Sie fiel in Schweigen.

„Sprechen sie lange?"

Sie sah mich mit müden, traurigen Augen an.

„Tagelang."

„Und was machst du inzwischen?"

Sie war verwundert, sogar ein wenig beleidigt.

„Ich höre zu. Sie haben doch bezahlt."

„Auch wenn es tagelang dauert?"

„Das gehört eben zum Geschäftsrisiko."

Ich wurde nachdenklich.

„So bleiben sie auch völlig anonym. Ich weiß nicht, wer es ist, der gezahlt hat. Die Geschichten hinterlege ich im *Anzeigenblatt*, gekennzeichnet mit einer Chiffre, und dort holen sie sie ab. Ich wechsle oft meine Wohnung, weil sich manche später mit mir treffen möchten. Aber das will ich nicht. Keinerlei Schwierigkeiten. Das größte Problem ist, daß ich manchmal jemandem, der irgend so eine stereotype Chiffre wählt – ‚Beichte' oder so etwas –, noch eine zusätzliche zuteilen muß, damit es nicht zu Verwechslungen kommt, und ihm die dann nicht gefällt."

Ich nickte: „Schön. Auf Distanz. Du erfährst nie, wer gesprochen hat. Das schätzen die Kunden wahrscheinlich."

„Eben. Das brauche ich auch. Würde ich den Menschen kennen, was heißt kennen, würde ich ihn sehen, könnte ich seine Geschichte nicht objektiv aufschreiben. Ohne alle Betroffenheit."

Ich mußte nachdenken, ob ich ihr wissenschaftliche Theorien darüber auseinandersetzen sollte, wie eine Messung bereits auf das Gemessene Einfluß nimmt, und sie fragen, ob ihr nicht scheine, daß die Leute die Geschichte für ihr Erzählen, obwohl einem völlig Unbekannten gegenüber, so offensichtlich zurechtschneiderten, daß es absolut überflüssig sei, von Objektivität zu reden, doch wurde diese Überlegung von der Erkenntnis durchkreuzt, daß, wenn die Dinge so waren, wie sie sie darstellte, ich wirklich nicht machen konnte, woran ich in den letzten Minuten gedacht hatte: Meine Geschichte konnte ich ihr nicht erzählen. Die, die auf mir lastete.

Und dann, dachte ich, worüber können wir dann überhaupt reden? Über alles andere, das schon, aber – hat das denn einen Sinn?

„Übrigens", sagte ich, „möchtest du etwas trinken?"

Sie schüttelte den Kopf. „Ich gehe jetzt. Jetzt fahren die Busse schon. Du brauchst mich nicht zu fahren."

So, sagte ich mir. Das war es also.

Ich schloß die Tür auf, sie sah sich im Raum um, als wäre sie gerade erst gekommen.

„Du lebst nicht allein", sagte sie. Das war eine Feststellung, keine Frage.

„Nein", sagte ich ohne die Absicht, ihr etwas zu erklären, wenn es zu Fragen kommen würde. Sollte es sie interessieren, wer und wie, werde ich sie einfach zu Križnar auf Nummer neun schicken, soll man es ihr doch dort erklären, dachte ich sarkastisch.

„Wirst du es ihr sagen?"

„Was?"

„Nun, was heute war."

„Natürlich", sagte ich. „Natürlich werde ich es ihr sagen. Wir sagen uns alles."

Wie gut das klang. Geradezu wunderbar. Nur daß ich etwas verschwiegen hatte. Nur daß ich nicht erwähnt hatte, daß wir uns nie Fragen stellen. Daß es deshalb auch unnötig war zu erklären, daß ich mit derjenigen, wegen der sie sich Gott weiß wohin verzogen hatte, nur geredet habe. Nur? Nun ja, bleiben wir bei dem gewohnten Bild der Welt, schon das ist kompliziert genug, beruhigte ich mich.

Sie nickte.

„Also, wenn du es ihr sagst, wirst du besser wissen, was es war."

Ich sah sie an.

„Ich meine das heute abend", ergänzte sie.

„Ich weiß, ich weiß", sagte ich. „Etwas anderes verstehe ich nicht. Warum hast du mir das alles eigentlich erzählt? Was du tust und so."

Sie berührte meine Hand.

„Du weißt doch, warum."

„Nein, das weiß ich nicht."

„Nun, das ist eben meine Geschichte. Jene, die ich objektiv sehen möchte. Unbeteiligt. Deshalb."

„Aber", sagte ich. „Aber ..."

Sie wartete.

Aber, wollte ich sagen, wir beide kennen uns doch ein bißchen. Kennen wir uns nicht? Du hast doch selbst gesagt, daß dann die Geschichte nicht die richtige ist, daß ...

Aber jetzt öffnete ich schon die Haustür, und das Tageslicht sickerte herein. Auf der Bank gegenüber saß meine Frau, an ihren Rucksack gelehnt.

Auch sie hatte sie bemerkt.

„How about your friend, Mister Križnar?" fragte sie sie. „Didn't you find him?"

Meine Frau erhob sich langsam, schnallte sich den Rucksack um und kam näher.

„He's away", sagte sie. „Went for a journey, I guess. There's someone else in his apartment."

Sie nickte mitfühlend.

„Sorry to hear that", sagte sie.

Sie beugte sich zu mir und küßte mich auf die Wange.

„Ich gehe", sagte sie. „Lade die Ärmste auf einen Kaffee ein. Sie hat die ganze Nacht hindurch gefroren. Und überhaupt, wenn du schon allein zu Hause bist ..." Sie lachte schelmisch.

Ich nickte.

„Would you like to join me for a cup of coffee?" sagte ich zu meiner Frau und kam mir vor wie ein totaler Idiot.

„I'd love that", gab sie zur Antwort. „I am quite cold at the moment, you see." Dann wandte sie sich zu ihr. „I'd like to see you again, but probably I won't. Have a good time!"

Sie nickte und ging langsam weg.

„Laß mich dir erzählen", sagte ich zu meiner Frau. „Laß mich damit beginnen, wie ich ins Amerikanische Zentrum gegangen bin ..."

Sie schüttelte den Kopf.

„Sag mir nichts. Interessiert mich nicht. So wie es dich nicht interessiert, wie es in den Bergen war. Aber Kaffee, ein Kaffee würde mir jetzt schrecklich guttun."

Und als in dem Kesselchen das ungesüßte Wasser brodelte und meine Frau ordnungsliebend ihre Sachen aus dem Rucksack in die Schränke und in den Wäschekorb legte und dabei zufrieden vor sich hin trällerte, stellte ich fest, daß ich die Telefonnummer vergessen hatte. Nicht an eine einzige Ziffer konnte ich mich mehr erinnern. Nur das wußte ich, daß sie einfach, geradlinig, elegant war. So einfach, geradlinig, elegant, daß ich sie mir nicht aufgeschrieben hatte.

Ich stellte mir richtig vor, wie ich in diese Schlafsiedlung fuhr, wie ich auf die Klingel drückte, unter der wieder ein ganz anderer Name stand, wie so ein schnauzbärtiger und dickbäuchiger Saisonarbeiter in Unterhemd die Arme breitete, als ich ihn nach der vorherigen Bewohnerin fragte (*ja hör mal, Kumpel, ich hab' das hier über einen Verwandten ...*), wie ich lange Stunden im Amerikanischen Zentrum herumsaß, wie ich ein Getränk ans andere reihte in den Cafés, wie ich in der Hoffnung, daß sie die richtige Telefonnummer wußten, Zufallsbekannte an der Theke fragte, ob sie nie den Wunsch verspürt hätten, etwas zu erzählen, was sie niemandem erzählen konnten, wie ich ihre argwöhnischen Blicke ertrug, wie ich Dinge tat, deren ich mich hinterher schämte, und wie ich sie niemandem erzählen konnte, niemandem außer ...

Jemand berührte meine Hand.

„Es freut mich, daß du so schöne Erinnerungen hast", sagte meine Frau, „aber du hast mir einen Kaffee versprochen. Das Wasser ist schon verkocht, sieh her. Es hilft nichts, jetzt heißt es von vorne beginnen."

Ich starrte auf den glühenden Boden des Kessels und nickte.

[NÄHER]

Wenn ich ins Hotel komme, rufe ich gewöhnlich zuerst zu Hause an. Mein Sohn nimmt ganz außer Atem den Hörer ab. „Du bist es, du bist es", ruft er begeistert. „Mama, er ist es!" Dann fragt er mich: „Hast du im Zimmer einen Fernseher?"

„Ja", sage ich und sehe zu der Schachtel hinüber, über die ich gerade meinen Mantel geworfen habe.

„Und was zeigen sie?"

„Ach du weißt doch. Die üblichen Sachen. *Die Schlümpfe. Sesamstraße* ...", sage ich auswendig her.

„Dasselbe wie zu Haus?" Seine Stimme klingt ungläubig.

„Dasselbe."

„Aha." Die Ungläubigkeit weicht der Enttäuschung. Dann erinnert er sich an etwas und sagt:

„Hast du interessante Mädchen kennengelernt?"

„Nein", sage ich, ohne nachzudenken, doch er läßt sich nicht abbringen:

„Schlafen sie in deinem Zimmer?"

„Nein." Ich will fortfahren, ich will sagen: Ich habe doch gesagt, nein, ich will sagen: Ich bin erst angekommen. Als ob ich mich rechtfertigen müßte ...

„Mama, er hat beide Male nein gesagt!" ruft der Kleine irgendwohin weg vom Hörer.

„Beide Male habe ich nein gesagt", murmle ich und blättere in meinem Notizbuch mit den Telefonnummern.
„Und warum bist du dorthin gegangen?" fragt er.
„Interessiert es dich wirklich?"
„Ich weiß nicht", sagt der Kleine unsicher. Und nach einem Augenblick, als ich weiter schweige, noch: „Willst du mit Mama sprechen?"
„Bitte."
Ich höre seine Stimme, wie sie im Gang widerhallt: „Mama, für dich!" Und dann: „Mama, wohin gehst du?"
Meine Frau kommt ans Telefon. Ich höre ihre Schritte, wie sie über die Fliesen im Gang schlurfen. Ich höre, wie der Boden knarrt, wie sie ins Zimmer tritt.
„Du bist es", stellt sie trocken fest. Ich schweige. Was soll ich denn auch sagen? Es stimmt. Ich kann dem nicht widersprechen. Ich kann dem nichts hinzufügen. Was also?
„Was gibt's Neues?" fragt sie.
„Nichts", sage ich und fühle mich wie ein Trottel, wie ein richtiger Idiot. Ich ziehe den Mantel vom Fernseher und beginne auf der Fernbedienung herumzudrücken.
„Nichts? Warum rufst du dann an?"
Oh, denke ich. Das kannst du besser. Du hast einen schlechten Tag. Einen schlechten Tag, obwohl ich weggegangen bin.
Ich zappe von Kanal zu Kanal. Alles gleichzeitig. CNN: Kleine Kriege an jeder Ecke. MTV: Schöne Jungen tanzen mit schönen Mädchen. Business Channel: Zahlen flimmern. Babylon Blue: Zwei ziemlich glatte Körper. Cartoon Channel: *Die Schlümpfe*. Ich habe dem Kleinen nichts vorgelogen.
„Es gehört sich so."
„*Es gehört sich so?* Etwas ganz anderes würde sich gehören, aber ..."

Ich kenne dieses bedeutungsvolle Schweigen. Ich kenne es in- und auswendig.

„Zu Hause alles in Ordnung?" frage ich leer.

„Seitdem du weg bist, geht es bedeutend besser."

„Danke", murmle ich. Ich spiele den Beleidigten. Gehört sich so. Scheint mir.

„Nicht mir. Dir gebührt der Dank. Dafür, daß du gegangen bist."

„Ich komme wieder", sage ich, weil mir nichts Besseres einfällt. Auf dem Bildschirm eine breit lächelnde Familienmama, die ihren drei aufgereihten Söhnen und ihrem Ehemann einen fetttriefenden gebratenen Truthahn serviert.

„Oh, das macht mir keine Sorgen", sagt meine Frau eisig. „Du gehst ja wieder."

Ich schweige. Auch sie schweigt. „Gibst du mir wieder den Kleinen?" sage ich.

„Er ist fernsehen gegangen und wird nicht zurückwollen ans Telefon. Wenn du ihm etwas mitteilen möchtest, kann ich das machen", sagt meine Frau, ohne mit ihrer Schadenfreude hinterm Berg zu halten.

„Sag ihm, daß ich *Die Schlümpfe* sehe", sage ich. Etwas anderes fällt mir nicht ein.

„Das wird ihn freuen", sagt meine Frau. „Daß ihr etwas Gemeinsames habt."

*

„Ich weiß nicht, was ich machen soll", sagt Ema zu mir.

Wir sitzen in einem jener kleinen Lokale, wohin sich nur selten jemand verirrt. Ema sieht mir starr in die Augen, der kennzeichnende Blick einer Person, die nicht viele Menschen zu treffen braucht, und aus ihrem Blick lese ich, daß nicht viel fehlt, bis sie anfängt zu weinen. Aus der Schachtel, die auf dem Tisch liegt, zieht sie eine Zigarette zur Hälfte heraus, dann schiebt sie sie zurück. Sie weiß, daß es mir nicht gefällt, wenn sie raucht. Einmal habe ich ihr ein *badge* geschenkt, auf dem stand: *'ne Raucherin küssen ist wie 'nen Aschenbecher auslecken.* Sie hat gelacht, das kann Ema auch auf eigene Rechnung, aber sie hat ihn sich nie angesteckt. Vermutlich hat sie ihn irgendwo auf dem Boden einer jener Laden, die sie nie aufmacht. Und seit damals sieht sie mich immer mit Unbehagen an, wenn sie sich eine Zigarette anzündet. Wir sehen uns nicht gerade häufig, deshalb sage ich nie etwas zu ihr, damit es ihr nicht unangenehm ist. Jedesmal, wenn wir uns verabschieden, fange ich sofort an mich zu beschuldigen, daß ich mich an ihren Schuldgefühlen genaugenommen weide.

Ema erzählt mir trotzdem von ihren unglücklichen Lieben. Wenn sie mir nicht erzählen kann, und gewöhnlich ist es so, schickt sie mir Meldungen per e-mail. Ich weiß, was mich erwartet, wenn ich im Fensterchen *Eingänge* als Absender *Ema@hotmail.com* sehe. Ema ist eine gute Freundin von mir, ich kenne sie, deshalb weiß ich, daß Neuigkeiten von ihr nie gut sind. Auf ihre Schwierigkeiten macht sie nicht auf dramatische Weise aufmerksam, wie es meine Frau tun würde. Kein gequatschtes Blech über das Leben, das angeblich keinen Sinn hat. Keinerlei Beschuldigungen gegen diesen oder jenen. Kein Einschließen ins Badezimmer und ähnliche Scherze. Sie erzählt tatsächlich der Reihe nach, was passiert ist. Wie sie den Mann kennengelernt hat. Was er zuerst gemacht hat. Wann er zu ihr gesagt hat, daß er mit ihr schlafen möchte. Wie er im Bett war. Wann sie festgestellt hat, daß er nicht der Richtige für sie ist. Wie sie es ihm gesagt hat. Oder wie er, noch bevor es dazu gekommen ist, es ihr gesagt hat. Oder wie er, ganz einfach, überhaupt nicht mehr angerufen hat. Und sie auch nicht mehr.

Manchmal habe ich den Verdacht, daß sie so eine Inkognitountersuchung macht, auf die heute die Zeitschriften so geil sind, und daß sie ihre scheinbaren Mißerfolge von einem Tag zum anderen genußvoll in eine Statistik verwandelt. Jedenfalls muß ich den Willen bewundern, mit dem sie es immer wieder erneut versucht; der ist besonders deshalb bewundernswert, weil es noch nie richtig gut ausgegangen ist. Wenn sich nicht schon ganz schnell danach, als es bereits zu spät war und Ema schon verliebt war oder so ähnlich, herausgestellt hat, daß ihr Auserwählter genaugenommen glücklich verheiratet ist oder sich für das andere Geschlecht überhaupt nicht interessiert, hat sie jedesmal selbst festgestellt, daß sie die Situation völlig falsch eingeschätzt hatte: Im Grunde müßte sie vor dem Mann, zu dem es sie so hingedrängt hat, geradezu flüchten.

Ema ist die Frau aus dem Spruch: Für einen schönen Augenblick, nicht fürs ganze Leben. Das wissen alle außer ihr, die jedesmal aufs neue überrascht ist, daß sich ihre Männer alle der Reihe nach ganz plötzlich für eine andere entscheiden, sich mit dieser anderen ganz schnell verheiraten oder ihr ein Kind machen oder sogar beides. Bei Ema ist noch nie einer eingezogen, obwohl sie in einer geräumigen, von jemandem geerbten Wohnung lebt, in der jeder Quadratzentimeter verkündet: zu groß. Zu groß für eine Person. Was heißt eingezogen. Wie sie berichtet, geht die Mehrzahl der Männer ohne Frühstück.

Beim letzten hat sie wieder geglaubt, daß es anders würde. Und wieder hat sie sich geirrt. Und wieder hat sie ihre Post geschickt. Und ich meine gewöhnliche Dosis tröstlicher Geistreichelei. Und gegen Ende meiner Mitteilung habe ich einfließen lassen, daß ich auf Reisen gehe und wahrscheinlich auch durch ihre Stadt komme. Natürlich hat sie zurückgeschrieben, komm, ruf mich an, wir treffen uns, auf eine Tasse Kaffee. Und jetzt bin ich hier.

„Es ist ja immer so", sage ich. „Du weißt schon."
Ich weiß: Diese Worte machen die Lage nur noch schlimmer. *Immer*, das ist ein schweres Wort ...

Ema sieht mich an und schüttelt den Kopf. Sie hat bemerkt, daß ich bemerkt habe, daß ich mich vergaloppiert habe.

„Gibt's was Neues?" frage ich und bin mir sofort bewußt: Auch das ist nicht gut, ich frage nach Neuem, als wären diese Sackgassen etwas Altes, Bekanntes, das sind sie genaugenommen ja wirklich, aber das dürfte ich zu ihr nicht sagen, wenn ich es gut mit ihr meine ...

„Mich ruft jemand an", sagt Ema. „Das ist neu."

„Wie meinst du?"

Der Kaffee ist wässrig, ich führe ihn lustlos an die Lippen, vielleicht glaube ich, daß es sich nicht gehört, eine volle Tasse stehenzulassen, was weiß ich.

„Er ruft an. Übers Telefon."

„Was ist daran Neues? Alle rufen dich doch an, oder? Du sagst doch, daß sie dich anrufen ..."

„Natürlich", sagt Ema geduldig. „Aber das hier ist anders. Die anderen sagen, was sie wollen. Sie sagen es, sehr genau. Rasch, viel zu rasch. Der aber – schweigt. Er sagt nichts. Das ist anders."

„Wer ist es?" frage ich.

„Wie soll ich das wissen?" sagt Ema. „Er sagt nie einen Ton."

Ich weiß nicht, was ich ihr sagen soll.

„Es ist wirklich so, wie du mir gesagt hast", fährt sie fort. „Alles ist letztlich nur eine Frage der Liebe."

„Ich gesagt?" spiele ich den Überraschten. „Ich? Nichts habe ich dir gesagt. Was weiß ich denn davon? Nichts. Nichts, sage ich dir. Von Fragen habe ich nichts gesagt. Ich bin kein Mensch für Fragen. Antworten ja. Aber Fragen ..."

Ema fährt mir mit dem Finger über den Handrücken. Ich kenne diese Berührung. Ich weiß, was sie bedeutet: Sei still.

„Im Grunde magst du mich nicht", sagt Ema ganz ruhig.
Ich bin empört.
„Wie, ich mag dich nicht? Warum mag ich dich nicht? Warum sollte ich dann Kaffee mit dir trinken? Warum sollte ich dir dann Nachrichten schicken?"

Sie sieht mich an und lächelt. Sie läßt mich warten.
„Weil du einsam bist", sagt sie.
Einsam? Ich? Lächerlich.
„Ich muß aufs Klo", sage ich.
„Ich weiß", nickt sie.
„Wie, du weißt?" wundere ich mich.
„Immer mußt du. Immer, wenn wir uns treffen. Und jetzt haben wir schon fast ausgetrunken. Wir gehen bald, nicht?"

Ich bemühe mich, gleichzeitig zu nicken und den Kopf zu schütteln. Dann zucke ich mit den Achseln und eile davon.

In den Pissoirs liegen Orangenscheiben. Ich verziehe das Gesicht, als ich sehe, wie der Urinstrahl sie bespült. Eine geschmacklose Szene. Widerlich.

Als ich zurückkehre, ist Ema anders. Sie hat sich beruhigt, wahrscheinlich hat sie sich auch gepudert oder so. Sie sieht bedeutend besser aus.

„Ema", sage ich zu ihr, „Ema, hör mir zu, ich möchte dir etwas sagen. Ich kann doch nicht immer nur zuhören."

„Sag."

„Ema ..." Plötzlich werde ich mir bewußt, daß ich diese Gelegenheit nicht erwartet habe. Und daß ich deshalb nicht recht weiß, was ich sagen will.

„Ema – ich habe Schwierigkeiten."

„Ich weiß", sagt Ema. Auch das habe ich nicht erwartet.

„Was weißt du?" Eigentlich will ich fragen: *Was für Schwierigkeiten habe ich?*

„Du", sagt Ema, „du bist ..."

Ich sehe sie an und warte.

„Was?" sage ich.

Ema sieht sich um. Sie fährt mit dem Löffel in der Tasse herum. Sie ist leer.

„Nichts", sagt sie mit veränderter Stimme, „überhaupt nichts. Danke, daß du mir zugehört hast. Jetzt, jetzt ist es schon besser. Kann ich dir schreiben?"

„Natürlich, schreib", sage ich, „natürlich."

Ema nickt und will ihr Portemonnaie aus der Tasche ziehen. Wie immer sage ich zu ihr, sie soll keinen Unsinn machen, wie immer beharrt sie darauf, selbst zu zahlen, und schließlich gibt sie wie immer nach.

Als wir aus dem Café kommen, sehen wir, daß es inzwischen aufgehört hat zu regnen. Wir küssen uns zerstreut, en passant. An der Ampel leuchtet das grüne Männchen auf, und ich haste über die Straße. Die Hände stoße ich tief in die Taschen, ich fühle das Futter. Als ich auf der anderen Seite bin, drehe ich mich um. Ema sieht mir nach. Langsam nickt sie mir zu.

*

Die Filme waren schwach, es hilft nichts, wenn du mit einer Karte sehen kannst, wie viele du willst, wenn sie alle der Reihe nach nichts taugen. Es wäre besser gewesen, ich wäre zum Abendessen gegangen, als mich in dieses Loch zu schleppen, in das es nach abgestandenen Körpersäften stank.

Ich sitze auf dem Bett und betrachte die sperrangelweit offene Tür des Kleiderschranks, die leeren Regalböden dort drinnen, den metallenen Schimmer der Bügel. Ein widerlicher Anblick. Unangenehm. Mit ganzer Stimme sagt er: Du müßtest ...

Im Telefon knarrt es. Es klingelt nicht – es knarrt. Ich blicke auf die schwarze Schachtel und warte. Nichts. Dann knarrt es wieder.

Ich nehme den Hörer ab.

„Hier bin ich", sage ich.

Eine Frauenstimme auf der anderen Seite kichert.

„Ich weiß", sagt sie.

„Wer bist du?" frage ich.

„Du kennst mich nicht."

So soll es auch bleiben, denke ich bei mir.

„Was willst du dann?"

Wieder kichert sie. Das Mädchen ist aber fröhlich, denke ich.

„Und was willst du?"

Ich sehe mich um. Mein Koffer ist noch immer versperrt. Der Mantel liegt auf dem Boden. Das Badezimmer habe ich noch nicht betreten.

„Ich will schlafen gehen", sage ich.

Eine neue Welle des Lachens. Ich fange an stolz auf meine unbeabsichtigten Geistreicheleien zu werden.

„Komm lieber runter, in die Bar."

„Was soll ich dort? Ich kenne niemanden."

Lachen; die Idylle beginnt vollständig zu werden.

„Du wirst mich kennenlernen."

„Was habe ich davon?"

„Wirst du sehen", sagt das Mädchen am Hörer, plötzlich ganz ernst. „Es wird dir nicht leid tun."

„Oh, nein", sage ich. „Nicht schon wieder."

Etwas wie Unsicherheit ist zu hören.

„Wie – schon wieder? Hat dich schon eine angerufen?"

Die Konkurrenz scheint stark zu sein, denke ich. Und sie haben mich bemerkt. Endlich hat man mich irgendwo bemerkt.

„Ich werde ständig angerufen", sage ich geheimnisvoll. „Ständig."

Die Unsicherheit schlägt um in Unglauben.

„Du machst Witze."

Ich gebe es zu und überlege: Was jetzt? Ein Drink würde jetzt wirklich passen, warum habe ich mir eigentlich nichts mit aufs Zimmer genommen?

„Aber ich meine es ernst", sagt das Mädchen, langsam, als würde es von einem abgegriffenen Blatt ablesen. „Wir treffen uns in der Bar."

„Lassen sie dich denn hinein?"

„Wie meinst du das?"

„Ich meine – bist du schon volljährig?"

Ich spüre, wie sie schwankt zwischen der Gelegenheit zum Kokettieren und der zum Beleidigtsein. „Wirst du sehen", sagt sie schließlich kleinmütig.

Ich warte. Ich habe die Fernbedienung gedrückt. Gleichzeitig tippe ich wahllos auf einen der Kanäle und die Tonausschalttaste. Ein Frauengesicht, ganz nahe. Sie kreischt, scheint mir. Ich weiß nicht, ob vor Genuß oder Schmerz.

„Willst du oder nicht?" meldet sie sich wieder.

„Was? Eine Volljährige?"

Ich spüre, wie ihre Geduld nachläßt.

„Mich", sagt sie langsam. „Mich. Komm in die Bar ... Oder schlaf gut."

„Ich komme nicht", sage ich. „Heute nicht. Ein andermal, vielleicht. Aber heute nicht."

„Ach so einer bist du", sagt das Mädchen. Sie zischt einen Fluch in einer unbekannten Sprache und legt den Hörer auf.

*

Die Bar ist klein, eines von jenen stickigen Löchern, wie ich sie in den letzten Monaten allzuoft gesehen habe, als daß ich sie mir merken würde. Und sie ist ganz leer. Außer dem Barkeeper, der gelangweilt Gläser poliert, wie du es heute nur noch in Fernsehserien siehst, ist dort nur noch ein Gast. Ein Mann. Von meinem Mädchen keine Spur. Ich kann nicht unterscheiden, ob mich Enttäuschung oder Erleichterung überkommt. Irgend etwas jedenfalls überkommt mich. Es ist anders als im Zimmer.

Der Mann ist mit so einer Uniform bekleidet. Militär, Marine, ich weiß nicht, es ist zu dunkel, ich verstehe davon nicht genug.

Ich bemühe mich, ihn nicht anzusehen. Oft genug bin ich der einzige Gast in einer Bar und weiß, wie ich mich fühle, wenn jemand kommt. Ich trete an die Theke.

„Einen Drink?" fragt mich der Barkeeper.

„Natürlich, was soll ich hier sonst wollen?"

Der Barkeeper breitet die Arme aus und sieht mich fragend an.

„Whisky. Nein, keinen Whisky. Etwas Leichteres. Kognak."

„Kognak ist leichter als Whisky?" fragt der Mann hinter meinem Rücken.

Jetzt drehe ich mich um, jetzt bleibt mir nichts anderes übrig, als mich umzudrehen.

„Eigentlich habe ich keine Ahnung von Drinks", gestehe ich zerknirscht. „Ich trinke das, was ich im Film gesehen habe. Aber vielleicht sehe ich die falschen Filme."

Der Mann sieht mich abschätzend an, senkt seinen Blick bis zum Boden und hebt ihn wieder. Gegen meinen Willen überlege ich, was ich anhabe: welche Schuhe? Strümpfe? Hose? Habe ich den Koffer aufgemacht und mich umgezogen, oder bin ich in denselben Sachen wie im Flugzeug und im Kino? Ich weiß: Ich darf den Blick nicht senken. Eingeständnis des Nichtbeherrschens der Situation, Beweis der Ohnmacht.

Der Barkeeper bringt den Kognak, in einem entsprechend bauchigen Glas, das ich unverzüglich in der Hand zu schwenken beginne. Über die Handfläche ergießt sich ein Gefühl der Wärme.

„Und Sie, was machen Sie so?" versuche ich die Initiative zu übernehmen. „Sind Sie beim Militär?"

Jetzt schaut er auf seine Montur, und als er den Blick wieder hebt, ist ein wenig Verwunderung darin.

„Ich bin Steward."

„Aha", sage ich. „Man sieht hier schlecht. Zu dunkel. Aber ich verstehe auch nicht viel davon. Von Uniformen, meine ich."

Er nickt und wartet, daß ich noch eine bessere Ausrede bringe.

„Das muß eine interessante Arbeit sein", sage ich, um das weitere Gespräch irgendwie anzuregen, und bin mir gleichzeitig bewußt, daß er das vermutlich immer hört, wenn er sagt, was er macht.

„Das stimmt, ja", sagt der Mann müde.

„Ich meine, das Reisen und so ..."

„Ja, das ist wirklich interessant, wenn du morgens aufwachst und nicht weißt, in welchem Land du geschlafen hast." Er gibt dem Barkeeper ein Zeichen, und der schenkt ihm mit gelangweilter Bewegung ein neues Maß Whisky ein, gerade über dem Eis, das schon im Glas schmilzt.

Ich kenne dieses Gefühl, denke ich.

„Sie treffen viele Leute ..."

„Zu viele."

„... und sicher passiert Ihnen mal etwas Ungewöhnliches."

„Das stimmt, ja." Der Mann beugt sich zu mir, und mich umgibt der Geruch einer Mischung aus Parfüm (Calvin Klein, *One*) und Whisky (*Jack Daniels,* mehr als einer). Jeden für sich mag ich schon, aber jetzt ...

„Ich werde Ihnen etwas erzählen", sagt er und macht mir ein Zeichen, ich solle näher kommen.

„Bitte", sage ich vorsichtig und bleibe auf meinem Platz. Es nützt nichts, er steht auf, tritt zu mir und zieht seinen Stuhl hinter sich her.

„Wir fliegen da mal über Silvester, eine schwere Schicht, die schwerste. Allein schon, daß du nichts Eigenes unternehmen kannst, daß du zum Dienst mußt, reicht, und dann noch alle diese Fluggäste, jeder mit seiner Vorstellung, wie eine Silvesterfeier im Flugzeug auszusehen hat."

Er schweigt und klimpert mit dem Eis im Glas. Mich überkommt die nicht gerade angenehme Erkenntnis, daß er diese Geschichte nicht zum ersten Mal erzählt, daß sie irgendwie der gewöhnliche Teil seiner Barroutine ist.

„Und dann?" sage ich so, wie ich mir denke, daß er das möchte.

„Dann ..." Er schweigt und legt mir die Hand aufs Knie. Ich sehe auf diese Hand, Ringe mit irgendwelchen Edelsteinen, dann schaue ich ihn an, er muß es sehen, an meinem Gesicht, überlege ich fieberhaft, daß mir nicht danach ist.

Es ist nicht erkennbar, daß er etwas bemerken würde. Er fährt fort mit seiner Geschichte.

„Da war diese Frau. Nichts Besonderes, erinnere ich mich. Mitte der Dreißiger, Geschäftstyp, würde ich sagen, Kostüm und so ..."

Jetzt spricht er mir fast ins Ohr. Der Barkeeper ist aufgewacht und poliert Gläser im großen Stil, es scheint, als würde ihn die Szene zu interessieren beginnen.

„Und dann?" sage ich. Ich komme mir langsam vor, als würde ich in so einer Fernsehserie mitspielen.

Er beugt sich noch näher zu mir, der Geruch nach *Jack* siegt endgültig über den nach *Calvin*. Ich hätte nicht aus dem Zimmer gehen dürfen, überlege ich.

„Dann? Zuerst schloß sich die Frau in der Toilette ein mit

einem der Passagiere. Dann mit dem zweiten. Dann mit dem dritten. Beim vierten sagten die Kolleginnen zu mir, ich solle hingehen und ihr sagen, daß das gegen die Regeln sei. Ich wollte nicht, denn was hatte ich damit zu tun? Und überhaupt war Silvester, sollten sich die Leute amüsieren."

Seine Hand auf meinem Knie wird schwerer.

„Als sie den fünften abschleppte und eine Frau verlangte, der Pilot solle eine Notlandung machen, damit sie aussteigen könne, entschloß ich mich tatsächlich. Ich ging zu ihr, und mir schien, daß mich alle im Flugzeug beobachteten. Wahrscheinlich taten sie es wirklich. Als sie sah, daß ich sie ansah, fing die Frau an, sich aufzuknöpfen, offensichtlich glaubte sie, ich hätte auch ein Bedürfnis. Ich machte ihr ein Zeichen, sie solle sich hinsetzen, ich beugte mich zu ihr und sagte: ‚Entschuldigen Sie, gnädige Frau ...' In dem Moment fing sie an zu weinen."

„Und dann?" sage ich wieder.

Der Mann sieht mich verwundert an und nimmt die Hand zurück. Ich senke meinen Blick, und mir will scheinen, daß ich auf meiner Hose einen feuchten Fleck sehe.

„Dann? Ich weiß nicht. Sie weinte bis zur Landung und vielleicht noch länger. Ich habe keine Ahnung. Wir gehen als letzte vom Flugzeug."

Ich nicke und denke bei mir: Was kommt jetzt?

„Ich muß auf die Toilette", sage ich.

Der Steward sieht mich verwirrt an.

„Okay", sagt er und stürzt seinen Whisky hinunter, zusammen mit den verbliebenen Eisstückchen.

Ich drehe mich um und gehe Richtung Toilette. Der Barkeeper scheppert mit den Gläsern, trotzdem höre ich noch den Steward, wie er murmelt: „Du glaubst doch wohl nicht, daß ich dir nachkomme."

Unter Schwierigkeiten knöpfe ich meine Hose auf, und ich muß mich richtig zusammennehmen, um den Strahl zwischen die riesigen Eisstücke zu lenken, die sie hier ins Abflußbecken geschüttet haben. Als ich zurückkomme, ist die Bar leer. Der Barkeeper stellt die Stühle auf die Tische.

„Ihr Freund ist schon gegangen", wirft er mir über die Schulter zu.

„Aha", sage ich. „Ist das Leben nicht schön? Der erste Abend in einer anderen Stadt, und schon habe ich einen Freund ..."

Der Barkeeper stürzt den Stuhl auf den Tisch, erheblich entschlossener als bei den vorangegangenen, und sieht mich starr an.

„Zahlen und raus", sagt er mit zusammengepreßten Zähnen. „Ihr geht mir auf die Nerven, du und deinesgleichen. Warum müßt ihr euch gerade hier treffen?"

Ich will ihm widersprechen, ich will sagen, ich habe mich nicht getroffen ... Ich widerspreche nicht, ich sage nichts, ich werfe das Geld auf die Theke, ich warte nicht auf das Kleingeld, ich bewege mich rücklings zur Tür, ich traue mich nicht, ihm den Rücken zuzukehren. Ich taste nach der Klinke. Ich finde sie nicht, so ist es schwer, mit dem Rücken zur Tür. „Ruhig. Ruhig", murmle ich. „Einen ruhigen Abend wünsche ich."

„Ruhig, mein Arsch", sagt der Barkeeper. „Ich kenne euch doch. Ich kenne die Typen von eurer Sorte."

Der Stuhl, den er jetzt auf den Tisch stellt, schwebt gefährlich lange in der Luft, der Barkeeper sieht mich drohend an, meine Hand kreist fieberhaft hinter dem Rücken, ich taste über das kalte Glas, und als ich die Klinke noch immer nicht zu fassen bekomme, gebe ich endlich auf und drehe mich um. Es gibt gar keine Klinke, deshalb habe ich sie nicht gefunden. Ich stemme mich mit den Händen gegen die Tür, wie ich es wahrscheinlich auch gemacht habe, als ich gekommen bin, sie gibt nach, sie fliegt nach vorne auf, auf dem Glas sehe ich die feuchten Abdrücke meiner Hände.

„Ich will dein Kleingeld nicht, du Arschficker!" schreit der Barkeeper mir nach. „Steck es dir sonstwohin!"

Die Münzen scheppern überall, ich selbst schiebe mich die Treppe hinauf. Wie spät ist es zu Haus? frage ich mich. *Die Schlümpfe* sind wahrscheinlich schon zu Ende ...

*

Das Telefon läutet lange, sehr lange; in Gedanken beginne ich wieder den Zeitunterschied auszurechnen. Vielleicht habe ich mich geirrt, vielleicht habe ich abgezogen statt zuzuzählen, überlege ich. Passieren mir, solche Sachen. Dann nimmt doch jemand den Hörer ab.

„Bist du es, Papa?" fragt der Kleine.

„Ja", sage ich.

„Juhu!" schreit er.

Was soll ich ihm diesmal mitbringen? überlege ich. Hat Lego was Neues in seinem Technikprogramm? Damit kann man nichts falsch machen. Hat er diesen Roboter schon oder noch nicht?

„Was hast du heute gemacht?" fragt mich der Kleine.

„Nichts. Ich bin spazierengegangen."

Der Kleine ist hörbar enttäuscht.

„Du hast wirklich keine Arbeit?"

„Doch, doch."

„Mama sagt, du hast keine. Und daß du deshalb immer wegfährst."

Ach, Mama. „He, hör zu ..."

„Ja, ich höre zu."

„Frag Mama, wer das Vogelhäuschen auf dem Balkon gebaut hat."

„Du", beginnt der Kleine zufrieden zu schnurren.

„Frag sie, wer dir die Karnevalsmaske gemacht hat", fahre ich fort.

„Du", bestätigt er.

„Frag sie auch, wer dir das letzte Mal, kurz bevor ich weggefahren bin, den Schlauch am Fahrrad gewechselt hat."

„Du", schließt er triumphierend.

„Also?" sage ich. Ich fühle einen leichten Schwindel, ich muß dem Kleinen sagen, er soll auflegen, ich kann nicht mehr reden.

„Du bist der beste Papa auf der Welt."

Das sag der Mama, wenn du dich traust, denke ich.

„Ich bin nicht der beste, aber ..."

„Ich weiß, ich weiß!" unterbricht er mich.

„Ja?"

„Du sagst bestimmt, aber ich bin der beste *für dich*!"

So ist es. Das würde ich sagen.

„Und bin ich es etwa nicht?"

„Doch", sagt der Kleine.

Jetzt ist die Initiative auf meiner Seite, jetzt heißt es voran auf dem Terrain ...

„Und was gibt es Neues bei dir?" sage ich und höre, wie der Kleine überlegt.

„Bei mir nichts, aber Gregor hat *Godzilla* gesehen."

„Brrrr", verstelle ich mich.

„Ist ja nicht so schrecklich. Ja, und ..." Er hält inne.

„Ja?"

„Für wen wärst du bei *Godzilla*? Für Godzilla oder für die Menschen?"

„Für die Menschen", sage ich. „Und du?"

Der Kleine überlegt.

„Auch für die Menschen", sagt er. Und nach einer kleinen Pause: „Warum eigentlich?"

„Weil Godzilla die Stärkere ist."

„Aha. Gregor ist aber für Godzilla gewesen."

„Auch für Godzilla muß jemand sein", sage ich.

„Warum denn?"

„Weil Godzilla sonst ganz allein auf der Welt wäre", sage ich. Ich weiß, es klingt nicht sehr überzeugend.

„Aber ..." Der Kleine hält inne.

„Was?"

„Nichts, nichts." Ich spüre direkt, wie es ihn quält, wie er zu Boden schaut, wie er seine Pantoffeln betrachtet, wie er auf die richtige Gelegenheit wartet, um wieder nach dem Fernsehprogramm zu fragen.

„Na sag schon." Man muß ihm Mut machen, man muß ihn wissen lassen, daß er sagen kann, was er denkt, daß er wahrscheinlich recht hat und daß es nicht verkehrt ist, auch wenn es nicht stimmt.

„Aber Godzilla ist nicht *gut*. Sie hat viele Menschen zertrampelt. Totgetrampelt."

„Aha", sage ich. Jetzt sind wir da.

„Was – aha?" sagt der Kleine. „Sie ist keine Gute und Schluß."

„Natürlich ist sie keine Gute, aber ..." Ich weiß: Jetzt komme ich in Schwierigkeiten. Wie soll ich ihm die Welt erklären, wenn ich mit Relativismus anfange? Wie soll ich ihm klarmachen, daß er die Katze nicht am Schwanz ziehen darf, daß er hinter sich zusammenräumen muß, daß er organische Abfälle in den einen Beutel, nichtorganische in einen anderen werfen muß, wenn Godzilla über die Menschen hinwegtrampelt und doch existieren darf?

„So ist sie eben. Geschaffen, um *nicht gut* zu sein mit den Menschen. Ein solches Gutsein wäre gegen ihre Natur."

„*Gegen ihre Natur?*"

„Natürlich. Jeder Mensch hat seine Natur, hast du das nicht

gewußt?" Ich sehe, daß ich mich vom Thema unseres Gesprächs entfernt habe und füge hinzu: „Und Godzilla auch."

Der Kleine überhört den Zusatz, schon das am Anfang war kompliziert genug. „Was bedeutet das?"

„Das bedeutet, daß etwas Größeres sie dazu zwingt, die Sachen zu tun, die sie meistens tut."

„Aha", sagt der Kleine.

„Verstehst du?"

„Natürlich verstehe ich." Leichtes Beleidigtsein. „In meiner Natur ist es zu spielen ..."

„Genau", sage ich.

„... in Mamas, böse zu sein ..."

Genau, denke ich.

„... und in deiner wegzufahren ..."

Zu flüchten, denke ich.

„... und in Godzillas, Menschen zu zertrampeln."

„Genau", sage ich. „Überhaupt hat sie alles das getan, um ein Nest für ihre Jungen zu finden, wenn ich mich nicht irre." Unsicher taste ich in meiner Erinnerung herum. War das die amerikanische oder eine von den japanischen Godzillas? Oder bringe ich etwas mit den Dinosauriern durcheinander? Viel zu viele schreckliche Lebewesen kommen in die Videotheken. Wo sind die Zeiten, als die Kinderhelden struppige Hündchen und ähnliche drollige Kerlchen waren?

„Aber ..." Ich höre den Kleinen, wie er innehält und es zuerst unterdrückt, dann mit immer weniger Zurückhaltung in den Hörer schluchzt.

„Was ist?" frage ich und überlege, ob seine Mutter in der Nähe ist.

„Aber – wer sorgt für das kleine Godzillamädchen? Für das, das am Ende des Films aus dem Ei gekommen ist? Als sie ihre Papamama schon getötet haben?"

Etwas an der Geschichte ist unlogisch, überlege ich, mir dämmert etwas von geschlechtsloser Vermehrung dieser Kreaturen, aber trotzdem, was will er mir sagen?

„Jetzt muß sie sich ganz alleine zurechtfinden", stammelt mein Sohn. „Sie ist ganz allein. Ohne Papamama. Und allein ist es schwer, gefährlich."

„Sie wird sich zurechtfinden", sage ich unsicher. „Godzillas finden sich immer zurecht."

Der Kleine holt Luft, und das Schluchzen hört auf.

„Papa", sagt er ernst.

„Ja?"

„Komm nach Haus. Allein ist es gefährlich."

Ich sehe mich im Zimmer um. Den Koffer habe ich noch nicht aufgemacht.

„Ja, ich komme", sage ich. Und überlege. Godzilla? Machen sie bei Lego vielleicht auch Godzillas?

„Papa – komm bald."

„Ich komme bald."

„Wenn du kommst, helfe ich dir."

„Helfen?" Ich verstehe ihn nicht, viel zu oft verstehe ich ihn nicht.

„Mama sagt, du brauchst Hilfe. Sag nur, wie ich dir helfen kann."

„Aha. Sag Mama, daß ich mich viel besser fühle, seit ..."

Ich halte inne. Seit wann denn? Seit ich weggegangen bin?

„Papa?"

„Ja."

„Wann hörst du auf wegzugehen? Mama sagt, daß du nicht die ganze Zeit weggehen kannst."

„Ich höre ja auf." Vielleicht dann, wenn sie anfängt wegzugehen ...

„Papa?"

„Ja."
„Du kommst doch zurück, bevor ich sterbe?"
„Natürlich. Was fällt dir ein? Du wirst nicht sterben!"
„Godzilla ist auch gestorben, und die war sehr stark. Stärker als ich. Viel stärker ..."
„Mit Godzilla ist es etwas anderes."
„Papa?"
„Ja."
„Sie war auch stärker als du. Bitte, Papa, komm nach Haus."

*

„Sie verlassen uns früher, als Sie vorhatten", stellt der Rezeptionist fest.

„Die Hotelbar gefällt mir nicht", sage ich.

„Das sagen alle", murmelt der Rezeptionist mit einiger Verlegenheit. „Aber in der Stadt gibt es noch andere."

„Auch Hotels", murmle ich.

Der Rezeptionist nickt wissend, als würde er über nichts anderes nachdenken.

„Genaugenommen", füge ich hinzu, „gibt es auch andere Städte." Auf einmal fühle ich in den Leisten einen schrecklichen Druck, ich sehe mich um ...

„Ich habe etwas vergessen", sage ich zu dem Rezeptionisten, der mich argwöhnisch ansieht.

„Möchten Sie den Schlüssel?"

Ich greife mir zwischen die Beine, ich werde mir meiner Bewegung bewußt, nehme die Hand zurück und nicke.

Auch er nickt.

„Bitte, Sie haben bis zwölf Uhr bezahlt."

Ich murmle ein Danke, tripple zum Lift, presse die Schenkel zusammen und sehe auf die beleuchteten Ziffern über der Tür.

Der Schlüssel klemmt wie immer, im Badezimmer lehne ich den Kopf an die kalten Kacheln und beobachte den Urinstrahl, der in die Muschel läuft. Dann schleppe ich mich zum Bett. Ich habe es nicht eilig, sage ich mir, ich habe noch keine Fahrkarte, ich kann mich noch ein wenig hinlegen. Auf der Matratze spüre ich die Konturen meines Körpers.

Das Hotelzimmer ist unfreundlich, die offene Tür des leeren Kleiderschranks gähnt mich an, ich kann sie nicht schließen, etwas ist kaputt. Den Koffer, erinnere ich mich, den Koffer habe ich unten gelassen.

Ich tippe Emas Nummer ein, ich höre das Pfeifen im Hörer, ich höre, wie sie leise sagt: „Bitte?" So leise, als könnte sie jemanden wecken, ich warte ein wenig, dann lege ich den Hörer auf und stelle mir vor, wie ihn Ema noch immer in der Hand hält, wie sie überlegt, welcher von ihren Männern sie angerufen hat. Ich spüre, wie sie ihn auf das Kissen neben sich legt, ich höre ihren Körper, wie er atmet.

„Ich wäre gern näher", sage ich ganz leise. „Näher."

[ZU ENG BEIEINANDER]

aus deinem Hemd, PT

Der Mann sitzt in der Dunkelheit des Hotelzimmers und taucht die Füllfeder in die Lösung in der Kaffeeuntertasse. Dem Stempel auf der Fotografie fügt er vorsichtig Striche hinzu. Er denkt daran, daß die Tinte über Nacht trocknen wird, er fragt sich, ob sie sich dann wirklich nicht mehr von der anderen unterscheiden läßt. Zumindest nicht beim flüchtigen Besehen. Ja, das ist wichtig. Er hebt die Fotografie gegen das Licht und überlegt: Wichtig. Sehr wichtig. Es muß so sein, als hätte er nichts verändert. Als wäre er nie mit der Fotografie in Kontakt gekommen.

Ein Frauengesicht auf dem Bild. Die Frau ist jung, ihre Augen schimmern, das verbirgt auch nicht die Ungeschicklichkeit des Fotografen beim Scharfstellen. Eine Ungeschicklichkeit, die den Mann mehr ärgert, als angemessen wäre. Der Mann betrachtet die Fotografie, seine Gedanken kreisen um die Striche, die er dem Stempel hinzugefügt hat: Hat er sie dünn genug gezogen? Eng genug beieinander? Er denkt nicht darüber nach, warum er das tut. Wie bei solchen Geschichten üblich, erinnert das Gesicht an eine andere Frau, an eine Frau, die der Mann, versteht sich, seit langem zu vergessen sucht.

Jemand klopft, vorsichtig, leise. Der Mann steht auf, er räumt Reisepaß und Füllfeder weg, geht zur Tür und öffnet sie ein wenig, sie mit dem Fuß zurückhaltend. In dem Lichtstreif, der vom Gang hereinfällt, schiebt sich ein Frauengesicht ins Zimmer. Dasselbe Gesicht, jetzt in aller Schärfe, lebendig, wirklich. Der Mann zieht den Fuß zurück, die Frau tritt ein. Sie schlingt die Arme um den Mann, und der Mann faßt ihre Hüften, langsam, eher zurückhaltend, diese Bewegung ist er anscheinend nicht gewohnt.

„Hat dich jemand gesehen?" fragt der Mann leise.

Die Frau schüttelt den Kopf.

„Hast du es zu Haus so gemacht, wie ich gesagt habe?"

Jetzt nickt die Frau. Ihre Worte reihen sich zu kurzen, abgehackten Salven. „Hab' ich. Eine Nachricht geschrieben. Sie sollen mich nicht suchen. Ich werde schreiben. Sie sollen mir nachkommen."

„Kein Gepäck. Vergiß nicht, kein Gepäck."

Die Frau nickt wieder. „Natürlich. Natürlich."

„Ab morgen wirst du jemand anders sein. Ab morgen gilt, daß du, genauso wie alle anderen, die hierher kommen, hier warst, um zu sehen, wieder zu gehen und zu reden. So rasch wie möglich. Und solche, vergiß das nicht, reisen ohne Gepäck."

„Ich bin kein Idiot", sagt die Frau ungeduldig.

Der Mann nickt. „Das bist du nicht", sagt er.

Sein Blick wandert über ihr Gesicht. Das bist du nicht, ich hoffe, daß du es wirklich nicht bist, denkt er bei sich.

„Du hast einen neuen Namen", sagt er zu ihr. „Hier, im Paß. Vergiß ihn nicht. Vergiß lieber alles, was du bisher über dich gewußt hast."

„Gut", sagt die Frau. „Ich vergesse alles. Das gefällt mir. Der neue gefällt mir. Der neue ist gut."

Der Mann nickt müde. Er betrachtet sein Werk. Er könnte es noch korrigieren, sieht er, aber jetzt ist es zu spät. Dunkelheit hat die Reste der Stadt überflutet, und Strom wird es keinen geben.

Und es vibriert noch immer von den Explosionen; seine Hand könnte zittern. Und beim Stempel, wenn du aus der Nähe hinsiehst, entscheiden Kleinigkeiten. Nuancen.

Es ist Nacht. Der Mann liegt im Bett, er sieht zur Decke und denkt daran, was kommen kann. Er denkt an den Körper der Frau, die neben ihm schläft. An die künftigen Tage und Jahre. Er sieht eine Art ebenerdiges Haus, an den Wänden viele gerahmte Fotografien, eine Tür führt hinaus zum Garten, dort trocknet viel Wäsche. Dieses Bild ist lebendig, in seinen Nasenlöchern schwebt ein Duft von hausgemachter Suppe. Alles ist anheimelnd, wie man es nur auf alten Familienportraits sieht. Er wünscht sich, er würde im Hintergrund des Bildes Kinderlachen hören, sie würden Briefe aus der Fremde bekommen. Und er fühlt, wie ihn der Schlaf überkommt.

Dann brennt es plötzlich in seinen Augen. Helligkeit kriecht über ihn hin, es wird Tag, und alles ist anders, andere Gerüche, Klänge, Bilder. Aber die Frau ist noch hier, sie schläft, das hat er nicht nur geträumt. Alles ist wirklich, diese Frau, dieser Ort, der so ungewöhnlich zu sein scheint, das dumpfe Knallen in den nahe gelegenen Bergen, die verbrannten Gerippe der Häuser in der Umgebung, die Abreise, bis zu der es keine Nacht mehr ist.

Er berührt ihre nackte Schulter, und sie öffnet die Augen.

„Hast du es dir überlegt?" fragt er.

Die Frau sieht ihn verwundert an.

„Ich habe es mir schon längst überlegt", sagt sie. „Wann wohl ..."

„Ich will sagen", korrigiert sich der Mann, „ob du es dir anders überlegt hast? Denn wenn ja – jetzt ist die letzte Möglichkeit. Du weißt ja."

Die Frau sieht ihn lange an. Dann schüttelt sie langsam den Kopf.

„Ich weiß, daß es die letzte Möglichkeit ist", sagt sie. „Ich weiß."

Als sie das ausbrannte Gerippe des Hotels verlassen, fällt der Blick des Mannes wieder auf den bräunlichen Fleck auf dem Gehsteig vor dem Eingang, obwohl er ihn immer wieder fotografiert hat, bei jedem Licht, sagt er immer dasselbe aus. Wenn er, überlegt der Mann wieder, statt all dieser eintrocknenden Blutlachen den Blick des Mannes fotografieren könnte, der geschossen hat, dann, ja dann wäre das vielleicht mal eine andere Geschichte.

Vom Gehsteig steigt die Schwüle auf. Der Mann reicht dem Burschen, der ihm einen Kanister Benzin ins Auto geleert hat, einen mehrfach gefalteten Hundertdollarschein. Der Bursche stopft sich das Geld in den Stiefel, nickt ernsthaft, drückt ihm die Hand und verschwindet hinter der Ecke. Der Mann sieht ihm nach, als müßte er ihn noch etwas fragen. Dann zuckt er mit den Achseln und wirft die Tasche mit den Fotoapparaten auf den Rücksitz.

Der Weg aus der Stadt hat sich verändert, überlegt der Mann. Als er ankam, gab es noch nicht so viele verbrannte Autos. Und sie zeigten nicht alle in eine Richtung. Es hat sich verändert. Vieles hat sich verändert. Vielleicht zuviel.

Der Soldat an der Barrikade ist bis zur Hüfte aufgeknöpft. Er raucht. Er beugt sich zum Auto vor ihnen hinunter. Der Mann hört seine Stimme, wie sie nach den Papieren fragt. Eine Hand streckt sich aus dem Fahrzeug, und der Soldat besieht sich den Paß von weitem, mit verzogenem Gesicht, dessen Ausdruck kaum den Ekel verbirgt. Der Mann sieht: Ein ausländischer Paß, so wie seiner. Und jetzt auch ihrer.

Der Soldat winkt den Wagen weiter. Der Fahrer vor ihnen fährt vorsichtig zwischen den umgestürzten Benzinfässern hindurch. Der Soldat bückt sich und stopft sich die Hose in die Stiefel. Dann dreht er sich nach dem nächsten Fahrzeug um.

Die Frau auf dem Nebensitz, deren Augen von Monaten des Hungers und der Angst eingefallen sind, erscheint dem Mann schön wie ein Engel der Vernichtung. Genau wie damals, als er sie das erste Mal gesehen hat. Auf ihrem Schoß liegt der Paß. Der Mann würde am liebsten an die Seite fahren und sich noch einmal diesen verwischten Stempel ansehen. Er tut es nicht: Er weiß, daß es jetzt zu spät ist.

Seine Mitarbeiterin. Seine Bekannte. Seine Frau. Was klingt besser? Was klingt so, daß der Soldat nicht zum Telefon greifen und nachfragen muß, wer noch etwas von ihr weiß? Denn wenn er etwas erklären muß, bekommt die Geschichte große Löcher. Allzu viele Löcher. Es kann passieren, daß sie in einem davon verschwinden.

Eigentlich, überlegt der Mann, ist er zu weit gegangen. Ich bin zu alt, sagt er sich. Ich kriege sie nicht mehr richtig scharf. Die Linien beginnen ineinander zu laufen, die Trennstriche werden immer undeutlicher. Man müßte aufhören. Sich zurückziehen. Sich mit den Ersparnissen zufrieden geben. Die Ausrüstung verkaufen, Ordnung in die Negative und Positive bringen, Ordnung machen, wirklich, Ordnung hinter sich zurücklassen. Sich auf die letzte Stunde vorbereiten; am glimmenden Kamin, in weiten Pantoffeln, beim Lösen eines Schachproblems, eine schlummernde Katze auf dem Schoß.

Der Soldat winkt ihm weiterzufahren. Der Mann lächelt. Er weiß: Man muß lächeln, dann geht es leichter. Übers Gesicht rinnen ihm warme Schweißtropfen.

Die Frau sieht ihn mit halbgeschlossenen Augen an.

„Dein Hemd gefällt mir nicht", sagt sie endlich. „Es hat zu viele Streifen. Zu eng beieinander. Nein, das gefällt mir nicht. Wenn wir aus dieser Hölle endlich draußen sind, kaufst du dir im ersten Ort ein neues."

[EIN DÜNNER ROTER STRICH]

Als Hunter nach Ayemhir kam, senkte sich Dunkelheit auf das Dorf. Die Kinder begannen sofort zu kreischen, als sie die unbekannte Gestalt erblickten. Als sie seine weiße, fast durchsichtige Haut bemerkten, war es ihnen peinlich. Sie drängten sich zusammen und bedeckten mit den Händen ihre Geschlechtsorgane. *Mzungu, mzungu*, flüsterten sie einander zu. Hunter nickte und wartete.

Dann kam der Häuptling. Hunter übergab ihm einen Sack Salz und sagte, wer ihn sende. Der Häuptling machte eine finstere Miene, und Hunter schien es, daß der junge Bursche, den er bei einem seiner Besäufnisse in den Hafenbars kennengelernt und der zu ihm gesagt hatte, er solle in sein Dorf kommen, bei den Einheimischen nicht so gut angeschrieben war, wie er sich über die Gläser hinweg gebrüstet hatte. Aber jetzt war es zu spät, um es sich anders zu überlegen. Wenn der Bus überhaupt fuhr, kam er nur einmal die Woche in diese Gegend.

Der Häuptling redete ihn in seiner kehligen Sprache an, aus der Hunter natürlich keine einzige Silbe heraushören konnte. Der Alte wiederholte seinen Singsang noch zweimal, dann gab er es auf und rief jemanden, der etwas Suaheli konnte. Hunter versuchte in seinem besten Suaheli zu erklären, daß er auch Suaheli genaugenommen nicht besonders gut könne, und bat um eine leere Hütte, wie sie in den Dörfern für die Gäste bestimmt sind. Der Häuptling nickte und nickte, dann sah er Hunter starr an, und ihm schien, als würde er genau überlegen. Hunter fühlte, wie ihm schmale Rinnsale von Schweiß über den Rücken krochen. Ein langer Weg war es zu Fuß zurück zur Stadt.

Dann griff der Häuptling nach Hunters abgewetztem Rucksack und wog ihn in der Hand. Hunter streckte instinktiv die Hand aus. Seit er bestohlen worden war, hatte er alle Tage, wenn er mit dem Löffel in den Blechtellern der Gemeindeküchen herumkratzte oder sich Notizen in seinem Reisetagebuch machte, diese Bewegung in Gedanken geübt – ein vorübergehender Dieb versucht, seinen Rucksack zu packen, aber er ist schneller, er ergreift den Rucksack, vielleicht sogar die Diebeshand, alles ist klar, alles entschieden. Es gibt keinen Zweifel. Doch es hat nie eine solche Situation gegeben, sein ganzes Lauern hat sich als unnötig herausgestellt, niemand mehr wollte sich seiner Reisehabe bemächtigen. Und jetzt hatte er im falschen Moment reagiert.

Der Häuptling sah ihn fragend an, und Hunter kam der Gedanke, daß er jetzt selbst für seine Niederlage gesorgt hatte. Wie sollten sie jemanden in ihr Dorf aufnehmen, der ihnen nicht vertraute? Hier, im Freien, mußten die Empfindungen beiderseitig sein, die Dosierungen so gleich wie möglich. Wenn er ihnen nicht vertraute, wie sollten sie dann ihm vertrauen?

Er versuchte, seinen Fehler abzumildern, er handelte instinktiv, er tat so, als würde er dringend etwas brauchen, aber was sollte ein Mensch dringend brauchen, der vermutlich gerade ein Dach über dem Kopf bekommen hatte, also alles, was im Dorf zur Verfügung stand? Am besten wäre es wohl, dachte er, wenn er so tat, als hätte er sich entschlossen, dem Häuptling außer dem Salz noch etwas anderes zu schenken. Er kramte in seinem Rucksack, aber darin war nach den Monaten des Umherziehens nicht gerade viel. Endlich ertastete er irgendwo etwas Glattes, und er wußte: Ein kleiner Spiegel, vor dem er sich rasiert hatte, solange er sich noch rasierte. Jetzt brauchte er ihn nicht mehr, stellte er fest. Er überreichte ihn dem Häuptling.

Der Häuptling nahm ihn vorsichtig entgegen und besah argwöhnisch sein Abbild in dem kleinen Rechteck. Konzentriert, versunken näherte er das Bild seinen Augen und entfernte es wieder. Es sah so aus, als wäre ihm das Gesicht im Spiegel vertraut, aber nicht vertraut genug, als daß er es wagen würde, es anzusprechen.

Deshalb redete er wieder ihn an. Genaugenommen sprach er zu dem Spiegel, und der Mann, der etwas Suaheli sprach, nickte und redete in Suaheli. Hunter verstand überhaupt nichts außer dem Wort *mzungu*, Fremder. Hilflos hob er die Arme, und genauso hilflos hob sie auch der Übersetzer. Der Häuptling nickte und sagte nur ein Wort: „Mary."

Die Kinder stoben kreischend davon in Richtung Dorfrand. Der Übersetzer gab Hunter die Hand, ging vor dem Häuptling in die Hocke und begann sich rücklings zurückzuziehen. Der Häuptling zeigte Hunter an, er solle sich setzen. Hunter sah auf den Boden, genau zu der Stelle, auf die der Häuptling zeigte, und wischte automatisch den Staub vom Boden. Vergebens: Darunter war nur noch mehr Staub.

Dann warteten sie in der Stille, bis eine Frau näher kam, sich vor den Häuptling hockte und zu Hunter sagte: „Welcome."

Hunter glaubte, sein Verstand habe sich getrübt. Seit er bei Gamendi Wasser aus dem Dorfbrunnen getrunken hatte, fühlte er sich nicht mehr richtig nüchtern, und ihm schien, daß er weniger sah und anders hörte. Jedenfalls war dies das erste Englisch seit dem Gespräch mit den beiden Franzosen, die mit gestohlenen Autos durch die Sahara fuhren und ihm den Gürtel mit den Papieren abgenommen hatten. Einfache Strategie: Ein

Messer an den Hals. Das ganze Geländetraining, zu dem ihn Cherin geschickt hatte, half nichts bei der Berührung mit dem geschliffenen kalten Metall. Das hatte für ihn keine übergroße Erniedrigung bedeutet; letztlich hatte er ohnehin die meiste Zeit mit Nachdenken darüber verbracht, daß er wohl doch nicht der richtige Mann für die Aufgabe war.

„Sprechen Sie Englisch?" fragte er. Die Frau nickte.

„Ja. Sagen Sie Mary zu mir. Mein Name lautet anders, aber für Sie bin ich Mary."

„Wieso? Wo haben Sie es gelernt?"

Die Frau lächelte über seine Verblüffung.

„Ich habe in Amerika studiert. Washington D. C. Aber ich habe keinen Abschluß. Einige Zeit habe ich noch in einem afrikanischen Restaurant gearbeitet, dann bin ich zurückgekehrt."

„Warum sind Sie zurückgekehrt?" Hunter erschien die Frage im selben Moment ungehörig, als er sie ausgesprochen hatte. Wenn er in das Dorf gekommen war, warum sollte das nicht jeder Beliebige? Und vor allem jemand, der irgendwann einmal von hier weggegangen war?

„Wenn du das Schicksal der Mehrheit nicht ändern kannst, mußt du es mit ihr teilen", sagte die Frau und sah zu Boden.

Hunter klang der Satz vertraut. Er klang ähnlich dem, was Cherin sagen würde, wenn bei einem Treffen der Zelle die Argumente für Selbstmordaktionen ausgingen. Cherin hatte ihm unaufhörlich ein und dieselbe Frage an seine E-Mail-Adresse geschickt: Warum bist du geflüchtet? Warum hast du uns verlassen? Hunter hatte nie geantwortet, wohin würde er kommen, wenn er gerade denen antwortete, vor denen er floh, und sollte er sich für eine Antwort entscheiden, würde er wahrscheinlich sagen: Wegen der abgenutzten Rhetorik. Das würde Cherin am meisten treffen.

Der Häuptling berührte seine Hände und begann zu reden. Er redete lange, doch das Mädchen übersetzte alles zusammen in einem einzigen Satz. „Es freut ihn, daß Sie in unser Dorf gekommen sind."

Hunter holte tief Luft. Jetzt war der Augenblick gekommen, an den er die ganze Zeit gedacht hatte, seit er beschlossen hatte, alles hinter sich zu lassen und so weit zu gehen, wie es nur möglich war. Auf einmal erschien es ihm sehr wichtig, wie er seine Frage formulieren würde. Dann mußte er feststellen, daß all seine Vorsicht umsonst war: Er war der Übersetzerin, die seine Worte wie auch immer verdrehen konnte, völlig ausgeliefert.

„Ich bin gekommen, den Namenlosen zu suchen", sagte er. Und hoffte, daß sie ihn verstehen würde, daß sie in ihrer unirdischen Sprache den richtigen Namen für den Namenlosen finden würde, hoffte, daß der Häuptling nicken, hoffte, daß er endlich finden würde, was er suchte.

Die Frau übersetzte. Der Blick des Häuptlings verfinsterte sich, und er sah sie scharf an. Die Frau sagte dasselbe noch einmal, und jetzt nickte der Häuptling bei jedem Wort.

„Der Namenlose", sagte er auch selbst, in genauso gutem Englisch, wie es Hunter verwendete. Und fuhr in seiner Sprache fort.

„Er sagt, daß er sich freut, den Namenlosen kennenzulernen", erklärte die Frau. „Er sagt, daß es eine große Ehre ist, daß der Namenlose gerade sein Dorf besucht."

Hunter spürte, wie die Hitze mit jedem gesprochenen Wort zunahm. Von der Erde, was heißt Erde, von dem zermalmten Staub, den er unter seinen Füßen spürte, dunstete es.

„Aber", sagte er, „aber ..." Er wußte, was er sagen wollte, er wollte fragen: Wer ist er? Was für einer ist der Namenlose? Wann kommt er? Kann ich vor ihn hintreten? Kann mich jemand vorstellen? Etwas Derartiges kann und muß sich nur hier ereignen, schoß ihm in den Sinn, nur hier, in diesem letzten Loch der Welt, wo sonst, wenn nicht hier, wo die Dinge noch nicht hundert Namen gewechselt haben, aber hat dieses Dorf überhaupt einen Namen, einen Namen hat es, aber ich kann mich jetzt nicht daran erinnern, niemand kennt ihn, selbst im Bus haben sie mich so seltsam angesehen, als ich anfing zu schreien, sie sollen anhalten, sie sollen zum Teufel endlich anhalten, und dann bin ich noch gegangen, lange, lange bin ich gegangen, daß mein Mund schon ganz ausgetrocknet war und daß er jetzt ganz trocken ist, daß ich gerade jetzt überhaupt nichts mehr sagen kann ...

Die Frau wartete. Hunter schien es, als würde er Narben an ihren Knöcheln sehen, wie sie Fesseln hinterlassen, aber er war sich nicht ganz sicher.

Der Häuptling sagte etwas, und die Frau übersetzte es sofort.

„Endlich sind Sie in unser Dorf gekommen."

Hunter verstand nicht.

„Haben Sie mich erwartet?" fragte er, er war überrascht, daß seine Stimme die Schwüle durchdrang, und beide nickten ihm gleichzeitig zu.

„Warum haben Sie mich erwartet?"

„Wir brauchen Sie", sagte Mary.

Irrtum, dachte Hunter, wieder ein Irrtum. Wie schon so oft. Allzu oft. Allzu oft, um an einen Zufall zu glauben.

„Wenn Sie Geld brauchen ..." Er suchte in der Tasche, aber das, was er schon wußte, ließ sich nicht ändern: Er hatte nur noch ein paar Fünfzigdollarmünzen.

Der Häuptling schüttelte den Kopf, und Mary übersetzte seine Bewegung ohne Zögern ins Englische.

„Wir brauchen kein Geld", sagte Sie. „Sie werden uns etwas anderes geben, etwas, was wir wirklich brauchen."

Hunter nickte ergeben. Cherin hat immer gesagt, wir müssen dorthin kommen, wo Geld nicht das Wichtigste ist, und jetzt bin ich da, dachte er sarkastisch. Er wartete, um zu hören, was das sein würde.

„Regen", ergänzte Mary.

„Regen?" Hunter sah zu Boden und dann zum Himmel. Beide trockenen Materien schienen ihm gleichermaßen unwirklich, gleichermaßen unveränderlich, ewig.

„Der Regen", sagte Hunter langsam und suchte nach den richtigen Worten, „hängt nicht von mir ab." Nichts hängt von mir ab, sagte er sich. Aber das sagte er nicht laut.

Der Häuptling murmelte etwas.

„Der Saft des Lebens kommt aus dem Bauch der Schöpfung", übersetzte Mary. Es klang irgendwie feierlich, irgendwie erhaben, als würde Cherin jetzt ein Zeichen geben, und sie würden die Hymne singen.

„Ich verstehe nicht", sagte Hunter.

„Aus der Zeit der Dürre gibt es nur einen Ausweg. Eine Rettung."

Hunter wartete. Mary sah ihn an, und Hunter schien es, als wäre hinter diesem Blick etwas mehr als das Suchen nach den richtigen Worten für die Übersetzung. Daß sie ihn maß, daß sie ihn wog, als hätte sie ihn aus einem Klumpen Laich herausgefischt und würde nun überlegen, ob sie den Richtigen erwischt hat.

„Es ist Brauch, daß sich bei langer Dürre der Häuptling in einem besonderen Ritual opfert."

„In einem besonderen Ritual?"

„Er schneidet sich den Bauch auf und tränkt mit seinem Saft die Erde."

Die Erde, blutgetränkt. An dieser Szene, dachte Hunter, würde Cherin wirklich Genuß finden. Jetzt sollte er hier sein – statt meiner, wünschte er sich.

„Ich verstehe, er zögert es hinaus", sagte er.

„Sie verstehen nicht", sagte Mary weich. „Noch nicht."
Hunter sah sie fragend an.
„Unsere Legenden sagen, daß manchmal ein Fremder kommt. Der mehr Saft hat. Deshalb regnet es nach seiner Opferung länger."

Hunter wurde es schwindlig. Im Mund fühlte er das Pulsieren der Materie, er fühlte, wie das Gewebe mit der Flüssigkeit kämpfte, und leckte sich die Lippen.

„Das haben Sie erfunden," versuchte er. „Sie wollen mich erschrecken."

Mary schüttelte den Kopf.

„Nein, es ist bekannt. Alle im Dorf wissen es. Deshalb sind sie so froh, daß Sie gekommen sind."

„Froh?" Hunter sah niemanden. Nur diese Frau und den Häuptling. Die Kinder trauten sich nicht mehr in die Nähe.

„Ja, froh", bekräftigte sie. „Es wird viel Regen geben."

Irrtum. Wieder einer dieser vielen Irrtümer, dachte Hunter.

„Ich habe nicht die Absicht, mir den Bauch aufzuschneiden", sagte er. Er bemühte sich um ein Lächeln, aber Marys verfinstertes Gesicht sagte ihm, daß es ihm nicht sehr geglückt war.

„Sie haben doch keine Wahl", sagte sie verwundert. „Sie brauchen nicht das Schicksal der Mehrheit zu teilen. Denn Sie können es ändern. Sie brauchen nicht vor Durst zu sterben. Denn ..."

Denn ich kann an meinem eigenen Saft sterben, dachte Hunter.

„Sie glauben an solche Sachen? Sie haben doch studiert ..."

„Ich glaube daran. Ich habe Anthropologie studiert", sagte Mary.

Hunter nickte und verspürte plötzlich Müdigkeit, große Müdigkeit. Und ihm kam in den Sinn, daß er schon lange nicht mehr seine elektronische Post gelesen hatte. Daß er schon lange nicht verfolgt hatte, was in der Welt passierte. Vielleicht hatten sie Cherin schon gefunden und erschossen. Vielleicht suchten sie von der ganzen Zelle nur noch ihn. Vielleicht hatten sie schon aufgehört zu suchen. Der einzige, der nie aufhören würde, war Cherin. Die anderen waren weicher. Er hatte zu ihnen gesagt, sie seien gelangweilte Kinder, ihm scheine, daß sie nur so dabei seien, wegen dem Spaß. Sie glaubten, daß es spaßig sei, auf Polizisten zu schießen und Bomben zu werfen, und waren dazugestoßen. Und Cherin hatte vor ihnen wiederholt, daß es nötig sei, das Alte niederzureißen, um Neues zu schaffen, und dann hatten sie es niedergerissen. Für die anderen, hatte Cherin gesagt. Das tun wir nicht für uns. Für die anderen. Alles war für die anderen. Cherin glaubte das. Und wenn es ihn nicht mehr gab ...

Mary berührte seine Hand.

„Folgen Sie mir", sagte sie.

Hunter zögerte. Ihm schien, daß es zu einem seltsamen Mißverständnis gekommen war, daß er das Wort sagen müsse, das alles erklären konnte, aber er konnte sich an nichts mehr erinnern, an absolut nichts außer an jenes Kindergesicht, das er nie vergessen konnte, und an diese Frauenhand, die Hand jener Frau, die immer dabei war, die immer ihre Hand ausstreckte, um sie auf die Klinke zu legen ...

„Wohin?" sagte er.

„Nicht weit. Sie sind schon an den richtigen Ort gekommen", sagte Mary, „und wir sind mit den Vorbereitungen schon fast fertig."

Hunter dachte an das Flugticket, das er vor seiner Begegnung mit den beiden Franzosen im Stiefel gehabt hatte; barmherzigerweise hatten sie es ihm gelassen und gesagt, er solle es so rasch wie möglich gebrauchen. Die ganze Zeit hatte er sich eingeredet, daß er es zu nichts gebrauchen könne, daß es ein unbrauchbares Stück unbrauchbarer Materie aus einer unbrauchbaren Welt sei, der er nicht mehr angehörte. Vielleicht hatte er sich die ganze Zeit über geirrt, und jetzt würde es für immer sein.

Der Mann, der sich plötzlich neben dem Häuptling eingefunden hatte und in der Hand einen bunt bemalten Speer hielt, nickte ihm freundlich zu. Andere Krieger traten näher, und als er sich nicht rührte, begannen sie sich um ihn zu drängen. Alle klopften ihm der Reihe nach auf die Schultern und lachten ihn mit breitem Mund an.

„Unser Mann", sagte einer von ihnen in Suaheli, und alle nickten.

Was würde Cherin dafür geben, wäre er an meiner Stelle, um sich so ohne Schwierigkeit mit den einfachen Menschen zu verbinden, dachte Hunter und mußte geradezu lachen. Die Wächter waren von seiner guten Laune begeistert. Sie warfen sich vor ihm auf die Knie und wälzten sich im Staub. Er hörte, wie die Trommelschläge heftiger wurden und kehlige Schreie, die den Rhythmus zerhackten, immer näher kamen.

Du entscheidest dich, aber dann bereust du es, hatte ihm Cherin geschrieben. Wenn es wirklich einmal nötig ist, klemmst du den Schwanz ein. Du bist verloren, wie ein Hund ohne Herrn. So wie damals vor der Botschaft. Man hätte nur noch durch die Tür spazieren zu brauchen, und alles wäre erledigt gewesen. Aber du bist erschrocken, hast die Tasche hingestellt und bist geflüchtet. Und dann hat es diese arme Frau zerrissen, die gekommen war, ein Visum zu erbetteln. Und ihr Kind. Und die Zelle kam in schlechten Ruf. Sie bringen Frauen und Kinder um statt des Klassenfeindes. Eine dünne Trennlinie verläuft zwischen dem unnötigen, erbärmlichen, armseligen Tod und einem Tod, der die Welt verändert. Diese Linie kannst du nicht übertreten.

Linie, Strich, dachte Hunter. Einen Strich ziehen. In manchen Sprachen bedeutet das etwas erreichen, in anderen fliehen. Wer weiß, was es hier bedeutet.

Der Häuptling trat vor ihn hin. Er zog ein Messer aus dem Gürtel und streckte es ihm hin, wobei er es an der Klinge hielt. Als sich Hunter der Griff in die Hand schmiegte, dachte er, daß erst jetzt klar war, daß die sich nichts ausgedacht hatten, die ihm in den verbotenen Hafenkaschemmen gesagt hatten, den Namenlosen könne man in Ayemhir finden. Er war hier und wartete. Auf ihn.

Der Häuptling breitete die Arme. Hunter wußte, daß es keinen anderen Weg gab. Er nickte, und der Häuptling nickte zurück. Hunter las auf seinem Gesicht die Zufriedenheit darüber, daß der Opfermann, der die Wüste von der Dürre erlösen würde, aus der großen weiten Welt geradewegs in sein Dorf gekommen war.

Er nahm das Messer, setzte es sich an den Bauch, drückte zu und schnitt ein. Zu Anfang sah man nur einen dünnen roten Strich. Auf der Wange spürte er die ersten Regentropfen.

[ALS MARTAS SOHN ZURÜCKKEHRTE]

Als Martas Sohn zurückkehrte aus dem Krieg, war es Abend. Er sagte nichts, er küßte seine Mutter auf die Wange, warf den Sack, den er über der Schulter trug, auf die Couch und ging zum Kühlschrank. Zuerst trank er eine Dose Bier in einem Zug, die Kekse, die Marta gebacken hatte, rührte er nicht an, dann duschte er, rasierte sich und zog Jeans und T-Shirt an. Seine Militäruniform preßte er zu einem großen Bündel zusammen und stopfte es in den Abfallkübel. Dann setzte er sich in den Sessel und sah fern.

Gut drei Wochen sah er fern, und seine Mutter, die ihm zu regelmäßigen Zeiten zu essen und zu trinken brachte und dafür sorgte, daß im Kühlschrank immer genügend Bier vorhanden war, wurde allmählich besorgt. Eines Tages fragte sie ihn: „Was willst du im Leben machen? Ein bißchen Geld habe ich gespart. Wenn du willst, wenn du irgend etwas anfangen willst ..." Ihr Sohn sah sie an und schüttelte den Kopf, und Marta kam es zum ersten Mal so vor, als sei ihr Junge nicht nur müde, sehr müde, wie sie bisher geglaubt hatte.

Ruhig sagte er: „Mama, ich habe schon alles angefangen. Alles."

Marta wartete. Ihr kam es so vor, als wollte der Junge jetzt von den schrecklichen Dingen reden, die er erlebt hatte, von dem Hunger, dem Frost, den Anstrengungen, von den Freunden, die nicht vom Schlachtfeld zurückgekommen waren, vielleicht von Blut, von großen, erschrockenen Augen. Aber ihr Sohn schwieg. Er schwieg und sah sie an, bis Marta die Tränen in die Augen stiegen und sie ins Bad lief. Als sie zurückkam, saß ihr Sohn vor dem Fernseher, genauso wie immer.

Die Hoffnung, daß sich die Dinge von allein regeln würden, wurde weniger. Und als Marta überlegte, was sie noch machen könnte, erinnerte sie sich, daß ihr Sohn Jahr für Jahr um dasselbe Geschenk an den Weihnachtsmann geschrieben hatte, um ein Geschenk, das sie ihm nie hatte kaufen können, eine elektrische Gitarre. Und sie dachte daran, daß, wenn alles versagt hatte, vielleicht eine elektrische Gitarre helfen würde. Sie wußte nicht recht, wie so etwas sein müsse, deshalb bat sie den Nachbarssohn um Hilfe, der sich wohl auf die Technik verstehen würde, wenn er tagelang unter seinem Auto lag und daraus bald dieses, bald jenes Teil ausbaute. Als sie dem Nachbarn ihr Bitte auseinandersetzte, nickte der nur und griff zum Telefon. Die Gitarre kam aus dem Pfandhaus direkt ins Haus, angeblich hatten sie von der Ware in der letzten Zeit eine ganze Menge, viele Gitarristen waren nicht aus dem Krieg zurückgekehrt.

Als er die schwarze Gitarre sah, nickte Martas Sohn, drehte den Fernseher aus und verschwand auf sein Zimmer. Von nun an hielt er sich in seinem Zimmer auf und spielte auf der elektrischen Gitarre immer dasselbe Stück von Hendrix, *Star-Spangled Banner*. Marta schien es, daß ihr Sohn Fortschritte machte, wenn er doch etwas anfing, bis sie eines Tages entsetzt erkannte, daß der Junge jedesmal an derselben Stelle aufhörte und daß ihm jedesmal dieselbe Note entwischte. Doch sie sammelte Mut und kämpfte gegen ihre Verzweiflung an, bis es ihr eines Tages gelang, ihren Sohn bei einem seiner seltenen Besuche in der Küche zu fragen, wie er sich fühle, mit dieser schwarzen Gitarre in der Hand.

Der Junge sah sie an, als wollte sie ihm ans Leben, und seine Hände begannen zu zittern. Marta überlegte, ob es vielleicht gut wäre, die Nachbarn zu Hilfe zu rufen, aber sie erinnerte sich sofort daran, daß die Nachbarn schon seit langem die Vorhänge zuzogen, sobald sie in den Hof trat, und endlich verstand sie, weshalb.

„Die Melodie ist nicht richtig, Mama", sagte ihr Junge, als fiele es ihm schwer, über etwas derartig Unangenehmes zu sprechen, „eine Zeitlang tut sie so, als wäre sie richtig, aber sie ist es nicht, in Wirklichkeit ist sie es nicht. Du hörst es ja."

Marta nickte, sie sagte, sie höre es, und fragte, warum sie nicht richtig sei, er übe doch fleißig, aber sie breche immer ab, trotzdem und rettungslos, warum es denn nicht gehe?

„Die Finger, Mama", sagte der Junge.

„Was stimmt nicht mit deinen Fingern?" Marta wurde von Beklemmung durchströmt, sie überkam das Gefühl, offensichtlich etwas übersehen zu haben, was sie wirklich hätte bemerken müssen.

Ihr Sohn sah sie voller Grauen an und erklärte ihr langsam, was jedes Kind hätte erkennen müssen:

„Mama, das sind doch gar nicht meine."

Zum Beweis hielt er ihr die Hand hin und streckte die Finger aus. Marta besah sie, sie erinnerte sich seiner Finger noch ganz am Anfang, als sie ihre Brust gestreichelt und seine Lippen die Warze gepackt hatten, und die hier kamen ihr wie dieselben vor, nur ein wenig, nicht viel erwachsener; aber sie wußte nicht, wie sie ihm das sagen sollte, denn plötzlich schien ihr, daß ihr Junge so sehr überzeugt war, daß es anders war, daß etwas wirklich anders sein mußte.

„Ich weiß nicht, wann sie gekommen sind. Und wohin die früheren gegangen sind", fügte ihr Sohn hinzu und beobachtete die Finger an der Hand.

„Aber ...", sagte Marta und überlegte, wie sie widersprechen sollte, denn darauf konnte sie nicht antworten. Sie legte ihm die Hand auf die Schulter, ihre Finger schmiegten sich an sein T-Shirt, sie spürte, wie sein Körper unter dem Gewebe pulsierte, und dachte, daß ihr Junge jetzt vielleicht endlich zu reden begänne, daß er das sagen würde, was er bisher nicht hatte aussprechen können. Doch er sah sie nur seltsam an, und sie zog die Hand zu sich zurück und besah sich ihre Finger, und er ging auf sein Zimmer und fing wieder an *Star-Spangled Banner* zu spielen, mit denselben Patzern und Abbrüchen.

Marta besah ihre ausgestreckte Hand und versuchte sich ihrer Finger zu erinnern, sie so zu sehen, wie sie waren, bevor der Krieg begonnen hatte. Es ging nicht, die ganze Zeit über drehte sich ihr im Kopf nur dieser seltsame, in sich verbissene Klang der elektrischen Gitarre, der aus dem Zimmer ihres Jungen kam, und sie wäre ihn am liebsten losgeworden, diesen Klang, sie konnte sich aber nicht vorstellen, wie sie das machen sollte.

Sie sah die Finger an ihrer Hand an. Hatten sie sich verändert? Immer mehr schien ihr, daß das nicht unmöglich war, und immer mehr war sie davon überzeugt, daß sie sich zuvor geirrt hatte, daß die Finger, die ihr dieser Junge gezeigt hatte, tatsächlich nicht die Finger ihres Sohnes von vor dem Krieg waren. Vielleicht schien ihr jetzt auch schon, daß auch ihre Finger nicht mehr dieselben waren wie früher, aber alles war schon viel zu kompliziert, und sie verspürte überhaupt nicht den Wunsch, noch darüber nachzudenken. Sie wünschte sich nur, daß dieser Unbekannte, der die richtige Melodie einfach nicht finden konnte, aus ihrem Haus auszog und daß ihr Sohn ins Haus zurückkehrte.

Und wieder ist es Abend. Marta sitzt auf der Veranda vor dem Haus, knabbert Kekse und sieht in die Ferne. Sie weiß, daß sich dort der nächste Krieg verbirgt. Sie weiß, daß der nächste Krieg ein schrecklicher Krieg sein wird, ein schöner Krieg, daß dieser Krieg alles begleichen wird, daß er ihrem Sohn die Finger und ihr den Sohn zurückgeben wird. Irgendwo oben, irgendwo im Körper ihres Sohnes, wird etwas ein Lied spielen, das an dem Tag richtig klingen wird.

[DER KRONZEUGE]

Er war nicht bereit, genauso zu werden, obwohl das Angebot gut war. Als er auf die Frage wartete, überlegte er: Geld hält keinem Vergleich mit der Ewigkeit stand, denn es ist dazu gemacht, vergänglich zu sein. Vergänglich, genau das ist es. Schon möglich, möglicherweise wäre er genauso geworden, hätten ihn die anderen nicht alle überholt und gesagt: „Genauso."

Wäre er nicht der letzte unter ihnen, würde er meinen, keine Möglichkeit zu haben. Genauso wie immer. Und es wäre egal gewesen. So aber wußte er, daß er endlich einmal die Möglichkeit hatte, nicht genauso zu sein. Ein für allemal. Und so war er nicht bereit. Deshalb redete er.

Die Männer, die an der Rückseite des Saales standen, preßten die Hände noch tiefer in ihren Regenmantel. Ein metallisches Knirschen zeichnete den Leuten ein starres, erschrockenes Lächeln auf das Gesicht. Und jeder griff nach seinen Sachen, noch bevor der Hammer des Richters niederfiel, griff danach, um heimzukehren und seinen Kopf unter die Kissen zu stecken und sich zu denken, er habe den Fehler im Räderwerk nur geträumt, und der Traum werde um nichts wirklicher, wenn die Abendblätter darüber berichteten, denn die Zeitungsleute hatten die aufgeschlagenen Notizblöcke schon sinken lassen und waren zum Telefon gestürzt.

Der Richter sagte zu ihm: „Sie können gehen", und unter seiner Perücke rann ein winziges Bächlein Schweiß hervor, auf seinem Gesicht spiegelten sich Ungläubigkeit, Angst, was für ein Spiel steckte jetzt dahinter, und wie würde sein Schicksal dabei aussehen, das seiner Frau, seiner Kinder? Sein Blick wanderte durch den Saal, aber es gab keinen Ausweg, es war zu hören gewesen, alle hatten es gehört, also mußte es auch der Richter gehört haben, und der Richter war – und wenn alles zum Teufel ging (und das würde es) – er, kein anderer.

Er ging vorbei an dem Mann, der eingekeilt zwischen zwei Polizisten dastand, vorbei an dem Mann, der zu Boden sah, denn er kannte jede Pore auf seinem Gesicht auswendig, und alles erschien ihm unendlich leicht. Worte, nur Worte, und schon ist die Ewigkeit da. Als er aus der Eingangstür trat, blendete ihn die Sonne, und er hob die Hand zu den Augen und sah auf das Getümmel.

„Es ist etwas passiert", schrien die Menschen und liefen in alle Richtungen, griffen die Vorübergehenden an den Ärmeln und zeigten zum Himmel, „endlich ist etwas passiert, es ist tatsächlich passiert." Er aber zog eine Zigarette aus der Tasche und fing an nach seinem Feuerzeug zu tasten, das ihm irgendwie durch das zerrissene Futter entwischt zu sein schien. Er sah über die Schulter, als erwartete er, daß einer der jungen Männer, die an die Mauer gelehnt vor dem Gebäude standen, aus der Tasche seines Regenmantels die um das Feuerzeug geschlossene Hand ziehen würde, aber niemand regte sich.

Ich bin nicht genauso, dachte er und tauchte ein in das Getümmel, in Gedanken bei dem Kiosk in der Seitenstraße, wo die Streichhölzer sicher noch nicht ausgegangen waren, denn da kam um diese Tagesstunde kaum jemand vorbei. Und die in den Regenmänteln setzten sich hinter ihm in Bewegung, als würde es sie alle nach Tabak gelüsten. Jetzt gab es wirklich keine Möglichkeit mehr, dachte er, so zu sterben, wie man auf den Biedermeierbildern stirbt: in ein wollenes Plaid gehüllt, in einem abgewetzten Lehnstuhl sitzend, ein Enkelkind auf den Knien.

[Die elektrische Gitarre]

Verborgen in der Dunkelheit bemüht sich der Knabe immer wieder aufs neue, auf der Harmonika diese unglückliche Melodie zusammenzubringen. Es geht nicht. Kein Ton paßt zum vorhergehenden, einmal greift er zu niedrig, ein andermal zu hoch, jedesmal entwindet sich dem Balg eine quälende Dissonanz. Der Knabe hat nicht genug Gehör, so viel aber doch, daß er weiß, daß sein Ziel – die genau nachgespielte Melodie – mit jedem Mal noch unerreichbarer wird, und er weiß, daß die Stunde, in der sein Vater zurückkehren und verlangen wird, er solle sie ihm vorspielen, immer näher rückt.

Die Nacht senkt sich auf ihn wie ein feuchter Lappen. Die Noten, dicht über das Papier gestreut, beginnen zuerst zusammenzukleben, dann verschwinden sie völlig in der Dunkelheit. Licht macht der Knabe nicht, denn die Dunkelheit bringt Erleichterung; es war schrecklich, die eigenen Finger zu sehen, wie sie unfolgsam und verwirrt über die Klaviatur stolperten.

Jetzt hört er sie nur noch. Er hört nicht die sperrige und flüchtige Melodie, sondern die eigenen Finger, die ihm den Gehorsam aufgekündigt haben. Und er weiß, daß er dem Vater wieder nicht erklären wird können, daß nicht er schuld ist, sondern die Finger. Je mehr er ihm erklären wird, wie er sich bemüht hat, den Geheimnissen dieser Melodie auf den Grund zu kommen, desto mehr wird er sich verhaspeln, und desto mehr wird sich zeigen, daß er eigentlich noch immer nicht mit Sicherheit weiß, was manche Zeichen auf dem Notenpapier bedeuten, und daß er hier und dort auch mal eines ausläßt. Der Vater wird geduldig zuhören, wie er es immer tut, zugleich aber wird er sich schon den Gürtel aus der Hose ziehen. Und dann wird er sagen: Los, mein Sohn, spiel es noch einmal.

Und der Knabe wird es noch einmal spielen, und die Melodie wird noch zerfranster sein, denn die Finger werden Feuchtigkeit auf den Tasten hinterlassen, und dann rutschen sie gern ab. Und der Vater wird zuhören und seinen Lederriemen streicheln, und dann wird er sagen: Sohn, stell die Harmonika weg.

Der Knabe denkt an die Dinge, die da kommen, und in seinen Augen sammeln sich Tränen. Das Schlimmste von allem ist, daß er Musik gern hat. Wenn er sich abends ins Bett legt, kneift er die Augen zu und stellt sich vor, daß er jenes Kind im weißen Anzug mit Fliege ist, das sie im Fernsehen zeigen, wie er auf der Bühne des Konzertsaales eine Violine in der Hand hält und sich verneigt und ihm die Zuhörer begeistert applaudieren. Aber in Wirklichkeit ist es anders: Sein einziger Zuhörer ist sein Vater, und der klatscht nicht vor Begeisterung.

Der Knabe weiß, was verkehrt ist, er weiß, warum er die Töne nicht findet. Ihn hat die elektrische Gitarre verzaubert. Die ist überall. Die hat alle richtigen Töne und gibt keinen an seine Harmonika ab. Die ist ihm in den Kopf gekrochen und hat ihn mit einem weißen Rauschen erfüllt, das neben sich keinen Mitbewerber zuläßt. Deshalb können seine flimmernden Töne nicht zu einer Melodie verschmelzen. Weil die elektrische Gitarre es ihnen nicht erlaubt. Die findet immer einen Weg. Auch das hat er im Fernsehen gesehen. Er hat gesehen, wie alles angefangen hat. Irgendwo weit weg, irgendwo in Afrika hat der Teufel auf der Gitarre gespielt und sie so verzaubert, daß auf ihr kein anderer mehr spielen kann als ihr Besitzer. Alle anderen hat es unter dem Himmel getroffen. Verbrannt, zu Asche werden lassen. Gemacht, daß es sie nicht mehr gibt. Und deshalb sind Gitarren gefährlich. Und die elektrische, die Mächtigste unter ihnen, am meisten. Wenn du nicht der Richtige für sie bist, dann ...

Der Knabe überlegt: Wenn er eine elektrische Gitarre hätte, eine richtige, dann könnte er es schaffen. Er wäre der Richtige für sie, und er könnte sie ohne Fehler spielen, und der Vater würde nicht den Riemen aus der Hose ziehen, er würde die Arme nach ihm ausstrecken und ihn zu sich emporheben und ihm sagen, daß er stolz ist, und die Zuhörer würden klatschen, und er würde sich die Fliege zurechtzupfen, die Violine an den weißen Anzug drücken und von der Bühne gehen, zurück auf sein Zimmer, wo ihn seine beiden Spielzeuge erwarten würden, auf denen sich in den Stunden, in denen er den richtigen Weg über die weißen und schwarzen Tasten sucht, unaufhörlich der Staub sammelt. Und dann würde er die Violine weglegen und mit ihnen spielen, mit dem Plüschbären, an dem ihm seine Mutter einen Zettel festgesteckt hat, daß sie weggeht, daß sie ihn aber bald holen kommt, ganz bald, und daß sie ihn gern hat, und mit der Barbiepuppe, die seine kleine Schwester vergessen hat, als die Mutter sie mitnahm, obwohl sie mit ihr mehr geredet hat als mit jedem anderen. Und mit den anderen Spielsachen, mit den vielen anderen, die er jetzt nicht hat.

Der Knabe weiß: Das ist ein Traum. Alles Grübeln, bei dem die Stunden mit der Harmonika in den Händen vergehen, ist vergeblich. Das einzige, was wirklich ist, sind die knarrende Schachtel in seinen Händen und das Blatt auf dem Notenständer, von dem sich keine Melodie ablesen läßt. Und die elektrische Gitarre in seinem Kopf. Die alle Melodien kennt und der alle Wege offenstehen.

Der Knabe fragt sich: Wie hat der Vater erraten, daß die elektrische Gitarre so gefährlich ist? Wie hat er gewußt, daß er sie ihm nicht kaufen darf, als er darum gebeten hat? Wie hat er gewußt, daß sie Feuer speien wird, wenn sie dem Knaben in die Hände kommt? Er hat zu ihm gesagt, daß genau auf dieser Harmonika er und sein Vater und sein Großvater gespielt haben und daß es in diesem Haus keine Gitarre geben wird. Er hat gemeint – in diesem Zimmer, denn sie leben in einem Zimmer, nicht in einem Haus, aber der Knabe hat verstanden. Und sich gewundert. Wirklich, der Vater versteht etwas von Musik, er bringt ihm immer neue Notenblätter und legt sie über jene, vor denen er schon verzagt hat. Kennt er etwa das Geheimnis der elektrischen Gitarre, das allen verborgen ist, das sich nur dem Knaben gezeigt hat? Wirklich, wann immer er seinen Freunden erzählt hat, wie die elektrische Gitarre Tote zum Leben erwecken und Lebende erschüttern kann, so daß in ihnen nicht mal eine Spur Leben mehr zurückbleibt, haben sie nur gekichert und sich gegenseitig zugeblinzelt, und wenn er verstummt ist und sich abgewandt hat, haben sie hinter seinem Rücken geflüstert, daß es bei ihm eingeschlagen hätte. Ja, er hat es deutlich gehört: eingeschlagen. Aber bei ihm hat nichts und niemand eingeschlagen außer seinem Vater. Er weiß, was das bedeutete: Sie dachten, er sei nicht recht bei Trost. Daß mit ihm etwas nicht in Ordnung sei. Er hat die Fäuste geballt und ist verstummt. Und hat bei sich gedacht: Wenn ich die elektrische Gitarre hätte, würde ich es ihnen schon zeigen. Sie glauben, eine elektrische Gitarre wäre nur so ein Ding, aus dem diejenigen, die sich darauf verstehen, Töne hervorlocken. Und daß diese Töne nur sind, was sie zu sein scheinen: Töne. Was wissen die schon! Sie wissen nicht, daß die elektrische Gitarre ihren eigenen Willen hat, ihr Leben, und daß du mit ihr vorsichtig umgehen mußt. Sehr vorsichtig.

Der Knabe sieht die Harmonika in seinen Händen, diesen kalten, toten Gegenstand, der unförmige Töne faucht. Ihn überkommt der Wunsch, sie auf den Boden zu werfen und auf ihr herumzuspringen. Vielleicht, ja vielleicht würde sie das neu gebären. Aber eine elektrische Gitarre wird nie aus ihr werden. So wie aus ihm, das weiß der Knabe, nie jenes Kind im weißen Anzug mit Fliege werden wird, das auf der Bühne des Konzertsaales eine Violine in der Hand hält und sich verneigt und dem die Zuhörer begeistert applaudieren. Und wie aus Vaters Riemen nie Mamas Estragonpotizze wird, die sie jeden Sonntag gebacken hat, solange sie der Vater noch aus dem Haus ließ, damit sie die Zutaten kaufen konnte.

Immer wieder versucht der Knabe dieselbe unsichere Melodie. Es geht nicht, es geht nicht. Die Klaviatur entzieht sich ihm, und der Knabe weiß, daß er es nicht schafft. Irgendwo in der Ecke, in der Ecke des Zimmers, in der Ecke des Kopfes, in der Ecke des Weltalls belauert ihn die elektrische Gitarre.

Elektrizität gibt allen Dingen Kraft, kein Wunder, daß ohne sie der Knabe nichts schafft. Ohne Elektrizität gibt es keine Musik mehr. Kein Wunder, daß die Melodien vermanscht sind und daß sich die Finger mit sich selbst verhaspeln. Wenn ich eine elektrische Gitarre hätte ..., überlegt der Knabe. Oder zumindest Strom. Der gibt den Dingen Kraft.

Der Knabe lauscht besorgt zur stillen Treppe hinüber. Im Moment nähern sich die festen Schritte seines Vaters noch nicht, aber es dauert nicht mehr lange, und er kommt. Der Knabe weiß, daß der Zorn des Vaters zunimmt, er weiß, daß sein Zorn schon längst zu groß für ihn ist. Dem Knaben tut es leid, denn er weiß, daß ihn der Vater gern hat, und er ahnt, wie groß seine Enttäuschung sein muß, wenn er immer wieder das hoffnungslose Suchen des Knaben nach der Melodie mit anhören muß. Der Knabe erinnert sich, daß ihn der Vater oft mitgenommen hat, wenn er von zu Hause weggegangen ist, und daß sie dann Stunden um Stunden durch die Straßen der Stadt gegangen sind und sonst nichts getan haben und daß es schön war, wenn ihn der Vater um die Schulter gefaßt hat. Nur daß eines Tages, als er mit dem Vater nach Hause kam, seine Mutter und seine kleine Schwester nicht mehr da waren, nur noch der kleine Plüschbär und die Barbiepuppe. Und der Zettel, daß Mama ganz bald wiederkommt. Sie ist aber nicht wiedergekommen. Nicht ganz bald und nicht später, obwohl er auf sie gewartet hat.

Sein Vater erklärte ihm, daß seine Mutter und seine Schwester deshalb weggegangen waren, weil Frauen nicht wüßten, was Pflicht sei, und daß sie jetzt eben alleine durchs Leben müßten, und dem Knaben schien, daß sie trotzdem dort hätten bleiben können, wo sie gewesen waren, und daß es nicht nötig gewesen wäre, daß sie in eine andere Stadt zogen und daß ihn der Vater in eine neue Schule schickte und daß jetzt an der Tür ein anderer Name steht als vorher und daß der Vater ihn auch mit einem anderen Namen ruft, der ihm überhaupt nicht so gefällt wie der vorige, obwohl er den vorigen schon vergessen hat. Wo sie vorher gewesen sind, war die Wohnung größer und die Menschen freundlicher. Öfter hat ihn jemand nach seiner Mutter gefragt, wo sie wäre, und hat Grüße ausrichten lassen. Jetzt gibt es keine Grüße mehr, und niemand weiß, daß er überhaupt eine Mutter hat.

Der Knabe begreift, daß die Melodie nicht kommen will, daß sie aus der Harmonika einfach nicht herausfindet. Nein, ohne Strom geht es nicht. Man muß der Melodie helfen, eingezwängt in den drückenden Balg kann sie sich nicht wohl fühlen, sie will heraus, überlegt der Knabe. Ja, Strom; ohne Strom kann sie nicht heraus.

Im Schrank, in dem der Vater sein Werkzeug aufbewahrt, findet der Knabe ein elektrisches Kabel. Lange dreht er die

Harmonika von einer Seite auf die andere, aber er findet nirgends eine Buchse, die passen würde. Zuerst ist daran die Dunkelheit schuld, endlich aber erkennt er, daß er es falsch angefangen hat: Das Kabel muß gestimmt werden, damit es mit der Harmonika übereinstimmt, und nicht umgekehrt. Mit dem Messer, das er unter dem Kissen aufbewahrt, für den Fall, daß noch einmal dieser finstere Mann kommt, der sich manchmal nachts über ihn gebeugt und ihm seinen heißen Atem ins Gesicht geblasen hat, so daß der Knabe geschrien und geschrien und geschrien hat, mit diesem Messer schneidet er das Kabel an dem Ende ab, das nicht in die Wand gesteckt wird, und macht jeden Draht einzeln blank. Dann verteilt er die Drähte tastend am Gehäuse der Harmonika, bis ihm scheint, daß sie überall an etwas festhalten und daß die Sache fertig ist.

Als er den Stecker in die Steckdose an der Wand drückt, hört er Lärm im Treppenhaus. Ja, das wird der Vater sein, der nach Haus kommt. Jetzt stolpert er jede Stufe einzeln herauf, dann wird er lange, lange den Schlüssel ins Schlüsselloch zu schieben versuchen, und der Schlüssel wird, wie immer, klemmen; dann wird er irgendwie doch aufsperren, die Tür öffnen und hereinkommen. Der Knabe weiß, was ihn erwartet, und das lähmt ihn: Er vergißt die Harmonika, er vergißt die Blätter, die auf dem Notenständer verteilt sind, er vergißt die Suppe aus dem Beutel, die er jetzt in das kochende Wasser schütten müßte, denn der Vater will essen, wenn er nach Hause kommt.

Er drückt sich in den Zwischenraum zwischen Schrank und Wand, dorthin, wo er sonst die Harmonika abstellt, und hofft, daß alles vorübergeht, wie es manchmal vorübergeht, daß der Vater nicht die Kraft findet, sich sein Spiel anzuhören, daß er sich zum Bett schleppen und einschlafen wird, ohne die Stiefel von den Füßen zu treten. Und dem Knaben wird nur noch das eine übrigbleiben, sie ihm vorsichtig auszuziehen.

Der Vater tritt ins Zimmer. Er murmelt unverständliche Worte in seinen Bart. Er stößt gegen den Tisch, tritt gegen den Stuhl, daß er umstürzt und zu Boden donnert. Der Knabe drückt sich noch tiefer in die Wand, in die Höhle, in die ihm, so hofft er, der Vater nicht folgen kann. Denn wenn er ihm folgt, dann, das weiß der Knabe, dann wird es schlimm, dann wird es nicht so bald vorüber sein.

Obwohl das Zimmer von Dunkelheit überwachsen ist, bemerkt der Vater die am Boden liegende Harmonika. Er läßt ein scharfes Knurren hören und bückt sich, um sie aufzuheben, und als er sie in die Hände nimmt, reißt es ihn herum, er wird geschüttelt, er wirft den Kopf zurück, er tanzt in einem seltsamen Rhythmus, und das dauert und dauert. Dann, als er auf dem Boden aufschlägt, entgleitet die Harmonika seinen Händen, der Balg ächzt keuchend, und der Vater sinkt daneben zusammen. Aus seinem Mund rinnt der Speichel.

Der Knabe wartet. Der Anblick ist widerlich, schmutzig, aber er bietet sich ihm nicht zum ersten Mal. Der Knabe überlegt, daß der Vater diesmal noch nicht einmal bis zum Bett gekommen ist. Auch das ist nicht das erste Mal; immer glückt es ihm eben nicht. Und dann braucht man ihm auch die Stiefel nicht auszuziehen, denn da ist kein Bettzeug, das der Vater schmutzig machen könnte.

Der Vater bewegt sich lange nicht. Der Knabe überlegt, was er tun soll. Gewöhnlich fängt der Vater nach einer Zeit an zu röcheln, zu murmeln, zu schreien. Jetzt aber nichts. Gar nichts. Regungslos, unbeweglich. Der Knabe erkennt, daß es jetzt anders ist. Und jetzt weiß er nicht, was er tun soll.

Schließlich kriecht er aus seinem Versteck, zieht das Kabel heraus und legt es zurück in den Schrank. Der Vater sagt immer, daß man hinter sich aufräumen muß, sonst decken einen Dreck und Staub zu, aufräumen muß man, aufräumen, Dreck und Staub vom Körper reiben. Und dann reibt er ihm den Staub vom Körper, lange, lange, bis der Knabe unter dem Strahl des kalten Wassers zittert, denn warmes gibt es schon längst nicht mehr, und dann hebt ihn der Vater auf und trägt ihn ins Bett und fährt ihm mit der Hand über die Lider, um sie zu schließen, und dann spürt der Knabe, daß ihn der Vater lange, lange ansieht, und der Knabe weiß, daß ihm der Vater eine gute Nacht wünscht und schöne Träume, keinen finsteren Mann und keinen heißen Atem auf der Wange.

Der Knabe sieht lange, lange den Vater an, doch der Vater rührt sich noch immer nicht. Der Knabe überlegt. Es kann nicht immer so sein, überlegt er. Schließlich nimmt er dem Vater die Schlüssel aus der Brusttasche. Obwohl es manchmal lange dauert, bis der Vater das Schlüsselloch findet, verstaut er die Schlüssel jedesmal rasch und sorgfältig. Jedesmal. Der Knabe hat schon einmal versucht, die Tür zu öffnen, als er allein zu Haus war, die Tür zu öffnen und nach Afrika zu gehen, um die Gitarre zu holen, aber er hat nie, nie die Schlüssel gefunden. Und die Fenster waren so hoch, ihm war schwindelig geworden, als er hinaussah, unten gähnte ein endloser Abgrund.

Der Knabe steht auf der Treppe und zögert. Es schnürt ihm das Herz ab, denn es ist schon sehr dunkel, und auch wenn es Tag wäre, der Knabe kennt den Weg nicht. Er kennt keinen Weg, immer begleitet ihn der Vater, wenn es hinausgeht, in die Schule. Und doch weiß der Knabe, daß er keine Wahl hat. Nur eine Möglichkeit gibt es: Er muß die Mutter suchen. An der Ecke wird er fragen, ob jemand sie kennt. Er erinnert sich seines Namens, oft hat er ihn wiederholt, seit sie weggegangen und diesen Zettel zurückgelassen hat. Jemand wird sie schon kennen. Wenn nicht an dieser Ecke, dann an der nächsten und wieder nächsten, hinter jeder ist ja noch eine. Früher oder später wird er zu ihr kommen. Er weiß: Er muß. Er muß zu seiner Mutter. Sie wird wissen, wie es weitergeht, sie wird ihm sagen, was passiert ist. Und möglicherweise, möglicherweise kann er sie überreden, ihm die elektrische Gitarre zu kaufen.

[BRIEF AN DEN VATER]

Ich grüße dich, Vater. Erinnerst du dich? Hier bin ich, ich warte. Erinnerst du dich an mich? Es ist viel Zeit vergangen, aber ich habe dich nicht vergessen. Ich habe das Mitgeteilte nachgeprüft. Und geglaubt, daß es wirklich so war, wie du gesagt hast. Genau so. Ich habe die Sprache gelernt und mir auf den Wänden Notizen gemacht. Ich habe deinen Namen gemurmelt, wenn niemand anderer da war.

Es ist wahr: Ich war dort. In der Mitte der Materie. Wie du gesagt hast. Immer wieder. Ich war, was du wolltest. Ich habe mich nicht gegen das Schicksal gewehrt. Ich habe nicht versucht es mir gefügig zu machen. Ich habe an dich gedacht und gewartet.

Ich war Črtomir. Ich stand am Rande des Abgrunds, ich rang die Hände hoch über mir, irgendwo weit weg sind Jahrhunderte vergangen. Ich redete und redete. Im Hintergrund: die Ruinen meines Landes. Die Menschen waren verdunstet, Welten in die Finsternis gesunken.

Ich war Schön-Vida. Ich stand am Meer, ich wartete auf meinen Mohren, daß er zurückkehre. Aber er kam nicht. Ich habe lange gewartet. Männer sind vorbeigekommen und haben mir ihren Samen angeboten. Ich habe mich lange gewehrt. Und gewartet.

Ich war Kopernikus. Ich habe mich auf die Erde gelegt und der Drehung der Welt gelauscht. Ich habe überlegt, ob ich schreien soll: Bleib stehen! Halt inne! Wahrscheinlich hätte ich geschrien, wenn ich gekonnt hätte. Aber ich habe nicht geschrien. Ich konnte es nicht. Meine Kehle war trocken. Trocken. So viele Jahre ohne Saft.

Ich war Maler. Ein verrückter Maler. Ich lebte in einem Wald aus Sonnenblumen. Allein. Die Schneide des Messers fuhr glatt durch das Ohr. Glatt wie durch Butter. Mir schwindelte, ich trank ein Glas Wein, ich kam wieder auf die Beine, dann suchte ich nach Einwickelpapier. Es war eilig, denn die Post schließt um sechs. Es tropfte durch das Papier, aber ich konnte nicht anders.

Ich war Antigone. Ich wartete, daß sich mein Bruder aus dem Grab herausgrub. Ich sagte zu ihm: Wasch dir den Tod vom Gesicht, mein Bruder, und mach dieses Land wieder fröhlich. Dann, dann wird alles anders. Mein Bruder. Sollen sie deine Schwester umbringen. Mein Bruder sah mich an, er sah mich lange an.

Ich war ein Kämpfer. Hitler. Und Mussolini. Und dieser andere, wie auch immer, den habe ich vergessen. Sie ließen mich hochleben, hoch! Natürlich habe ich das Stampfen des Paradeschritts gehört. Es kam näher, immer näher. Aber es gelang mir nicht zu fliehen. Es war Krieg, ein wunderbarer Krieg, ein guter Krieg. Ich wartete auf mein Schicksal. Ich wußte, daß es kommen würde. Ich bürstete meine Uniform. Ich wollte bereit sein, wenn die Tür aufging. Ich begoß die Blumen und wartete.

Ich war Tito, siegreicher Befehlshaber auf schlecht beleuchteten Schlachtfeldern. Sie ließen mich ins Zimmer, aber ich durfte mich nicht an den Tisch setzen. Der Tisch war groß, länglich, von unregelmäßiger Form, genaugenommen war es noch kein Tisch, nur der Fötus eines Tisches. Marx, Stalin und Mao spielten darauf Karten. Ich sah ihnen über die Schulter. Die Trumpffarbe wechselte, bald kassierte Sichel, bald Hammer. Auf dem Boden vor der Kühltruhe war eine Blutlache. Ich wollte schreien, aber alle drehten sich nach mir um und legten den Finger auf den Mund.

Ich war, was du wolltest, Vater. Lieber Vater. Du hast dich nicht gemeldet. Du hast mich nicht gerufen. Du hast nicht geschrieben. Ich mußte mich allein zurechtfinden. Und das habe ich getan. Ich habe an dich gedacht. Ich habe für dich gearbeitet. Jetzt ist es, wie es ist. Alles ist irgendwie Spiel, scheint mir. Ich weiß nicht, wer mit wem. Wer wen und wohin. Was ist, scheint mir wahr. Zumindest für jetzt. Es ist. Und auch ich. Jetzt bin ich hier. Ich bin.

Ich und du, Vater. Vater. Bist du dort? Hörst du mich? Ich bin müde, Vater. Ich kann deine Geschichten nicht mehr sprechen. Meine habe ich vergessen. Hörst du, hörst du, wie es leicht pulsiert?

Ich will nicht mehr, Vater. Allzu vieles ist möglich. Wie im Traum. Jemand träumt, er wäre erwacht. Jemand träumt, er wäre eingeschlafen. Jemand träumt, wie er träumt. Jemand spielt in seinem Zimmer ein kompliziertes Spiel, in dem die Universen verschwinden, und langweilt sich zu Tode. Allzu viele Möglichkeiten, Vater. Ich will eine, damit es keine Wahl gibt. Damit ich nicht falsch wähle.

Hier bin ich. Ich schweige. Ich träume. Ich atme. Wartest du? Was tust du? Wo bist du? Kommst du?

[NORAS GESICHT]

*James Joyce reiste im Jahre 1904 mit seiner Frau Nora nach Triest,
wo er eine Stelle als Lehrer antrat. Sie verließen den Zug zu früh
und verbrachten die Nacht im Park vor dem Laibacher Bahnhof.*

Ich sehe den Mann, wie er fragt. Er beugt sich zum Schalter hinunter. Der Umriß auf der anderen Seite, undeutlich, unkenntlich, ein Statist der Geschichte, schüttelt den Kopf. Der Mann, zu einem Fragezeichen gekrümmt, nörgelt. Er klopft auf das Schalterbrett. Irgendwo hinter dem Rahmen des Bildes faucht ein Zug. Der Mann zeigt in diese Richtung. Der hinter dem Fensterchen schüttelt weiterhin den Kopf. Nein, der Herr mögen entschuldigen, für Sie gibt es keinen Zug; das, vermutlich das.

Hinter dem Mann bildet sich eine Schlange, die sich nirgendwohin weiterbewegt. Alle warten auf ihre Reise, jeder wartet, daß er sagen kann, was er möchte, nur, was hält uns der Mann auf, der eine so schwer verständliche Sprache spricht? Und genau der Mann wird, lache ich, der ich die Geschichte kenne, ein Lehrer. Wenn schon eine ganze Ewigkeit vergangen sein wird, wird es noch möglich sein, an seinen Texten herumzurätseln, wohin ein Komma, wohin ein Semikolon gehört; er wird das nicht ein für allemal sagen, er wird sich verleugnen, er wird sich herauswinden. Kein Wunder, daß ihm der Zug entwischt, es ist auch nicht verwunderlich, daß er von selber früher ausgestiegen ist. Ja, eine solche Geschichte ist möglich.

Jetzt hält sich der Mann übertrieben aufrecht. Ich sehe: Er versucht sich und die Welt davon zu überzeugen, daß er die

Situation beherrscht. Daß er weiß, wo er ist und was er hier macht. Aber wenn nichts anderes, verrät ihn die Haut. Seine dünne, blasse Haut, die kaum die Spannung über dem Knochenrahmen aushält, erzählt, daß er aus einer anderen Welt kommt. Aus einer, in der die Schweine ihre Jungen fressen. Und deshalb ist er weggegangen. Damit er nicht gefressen wird, und jetzt ist er hier. An einem Ort, dessen Namen er nicht kennt. An einem Ort, wo er nichts zu tun hat. Und er kann erst morgen früh weg von hier, und bis zum Morgen ist es noch eine Ewigkeit.

Der Mann beugt sich zu der Frau, die auf dem Koffer sitzt. Zu einer jungen Frau, die ihn ansieht, wie eine Frau ihren Mann ansieht, den sie das ganze Leben und auch im nächsten Augenblick will. (Ja, so würde es in dem Roman stehen, den zu lesen dieser Mann ablehnen würde.) Der Mann deutet zum Schalter; er winkt mit der Hand ab. Die Frau, mit ein wenig geschürzten Lippen, schüttelt den Kopf. Der Mann deutet zur Tür, er deutet hinaus. Die Frau dreht sich um, aber nicht ganz, nur halb. Dann kehrt der Blick wieder zu ihm zurück. Sie nickt, und der Mann nimmt den Koffer und bewegt sich zur Tür.

Ich weiß: Jetzt, jetzt entscheidet es sich. Wenn sie ihm nicht folgt, werde ich in Aktion treten. Erklären, wie und was. Wenn es so sein wird, soll er gehen und sie bleiben. Er wird nicht zurückkommen, wenn er draußen ist, weg von den Menschen, ich werde ihn in eine Straßenschlägerei verwickeln oder etwas Derartiges. Nichts ist leichter zu beschreiben als das Aufblitzen einer Messerschneide, einen Moment bevor sie sich an der Rippe reibt. Das wird ihm gefallen. Vielleicht würde er, könnte er seinen Tod wählen oder träumen, diesen Tod wählen oder träumen. Leicht möglich. Fest packt er das Messer, mit dem er überhaupt nicht umzugehen weiß. Sehr leicht möglich. Ich habe solche Dinge schon getan.

Doch die Frau steht auf; sie geht ihm nach. Nein, so wie ich es mir vorgestellt habe, wird es nicht gehen. Es muß anders sein. Ganz anders.

Ich überlege, was ich tun soll. Ich könnte Antworten auf seine Fragen finden. Ich könnte ihm geben, was immer er möchte. Einen neuen Zug nach Triest, in ein paar Minuten, so viel, wie ein leichter Gang über die Gleise zum Bahnsteig eben voraussetzt. Andere Orte, andere Zeiten. Paläozoikum. Weltkrieg. Eine ruhige Stunde beim Tee. Was auch immer. Es genügen ein paar Kombinationen auf dem Gerät, das ich bei mir habe. Ein paar richtige Verbindungen auf dem Bildschirm, und alles ist möglich. Aus dem Pulsieren des Flüssigkeitskristalls entstehen neue Welten. Auch solche, in denen sich dieser junge Mann wie zu Haus fühlen könnte.

Ich weiß nicht, was ich tun soll. Ich sehe mich um, als würde die Umgebung die Lösung bringen. Aber alles ist wie immer – da ist nicht viel zu sehen. Wir haben das Bild an dieser Stelle vermutlich absichtlich so arrangiert, daß es den Mann zum Weggehen drängt. Stellen Sie sich vor, der Ausgang wäre etwas vom Allerschönsten, was die Welt zu bieten hat. Wer würde da überhaupt hindurch wollen? Eine solche Landschaft aber hilft sogar den Zögernden. Sie läßt sie wissen, daß es besser ist, wenn sie gehen.

Ich bin oft hier. Ich schaue. Und ich denke an die Orte, an die ich gehen könnte. Eines Tages. Ich bereite mich vor. Ich übe viel. Auf meinem Gerät. Ich kaufe immer neue Programme. Daraus, daß sie sich unaufhörlich ändern, schließe ich, daß sich auch die Welt ändert. Aber hier ist das nicht zu sehen. Immer Gras (immer grün), ein paar Bänke, dann der Einschnitt einer Straße und das Getümmel auf der anderen Seite. Ich sehe nie auf die andere Straßenseite hinüber. Das wäre schon zu nahe am Weggehen. Ich denke, daß die Menschen auf der anderen Seite weggehen, weil sie einfach den Weg zurück nicht finden. Vielleicht gibt es ihn nicht.

Ich denke, und der Mann wartet. Soll er warten, sage ich mir. Jede Sekunde ereignen sich Millionen winziger, unbemerkter Dinge. Welten entstehen, Planeten zerfallen. Und noch anderes, unendlich viel anderes.

Ich sehe die Frau. Er erschafft sie nach dem Bilde seines Wunsches. Er wird ihr schreiben, welche Wäsche sie kaufen soll. Es wird wirken, es wird gelingen. Diese Geschichte wird bleiben. Sie wird besser sein als meine. Genauer, unbestimmbarer.

Ich weiß: Wenn er über sein Leben sprechen wird, wird dieser junge Mann nichts über die heutige Nacht sagen. Auch nicht über mich. Nicht über die Stadt, auf deren Pflaster wir stehen und deren gedämpften Lärm wir hören. Obwohl in seinen Worten ohne Übertreibung *die ganze Welt* sein wird. Ich verstehe: Mit einer solchen Erwähnung würde sich die Stadt, jetzt von Dunkelheit umhüllt und so völlig der Phantasie zu Willen, in etwas Wirkliches zu verwandeln beginnen, aber bekanntlich bequemt sich die Wirklichkeit den Gesetzen unserer Wünsche weniger als die Phantasie.

Meine Geschichte läuft aus, mir geht der Saft aus, ich muß aufhören. Ich habe schon früher daran gedacht aufzuhören, aber mir schien, daß bis zu Ende erzählt werden mußte. Auf die Straßen gehe ich nur noch nachts. Tagsüber sind sie zu gefährlich, tagsüber schlafen sie, sie zeigen weder ihre Seele noch den Pulsschlag ihres Herzens. Aber nachts brodelt unter dem kalten Überguß der Gehsteige und Straßen heißes Magma, das manchmal, wenn niemand in der Nähe ist, durch die Poren im Asphalt zischt und mir das Gesicht leckt. Für einen Moment, nur für einen Moment, dann ist alles so, wie es war. Ich liebe diese Stadt, ich werde sie nicht verlassen, obwohl die Leute sagen, daß es auch andere gibt, einige sogar näher, als man glauben würde.

Ich weiß, diese Geschichte kann nicht dauern. Ich habe dort unten gelebt, unter der Oberhaut, deshalb weiß ich: Die Abwässer fließen nicht mehr ab. Sie bleiben. Die Stadt wächst von selbst, sie nährt sich von ihren Abfallstoffen. Einmal wird auch sie diesen Weg gehen.

Was soll ich noch sagen? Manchmal, manchmal scheint mir, daß ich zwischen den Silikonpuppen in den Schaufenstern Noras Gesicht sehe. Ich laufe hin, aber die Gesichter, Sie wissen ja, verändern sich wie Hologramme – was Sie sehen, hängt davon ab, von wo aus Sie es sehen. Und die Stelle, von der aus ich Noras Gesicht gesehen habe, finde ich nie wieder. Und dann drücke ich die Lippen an die Scheibe und koste daran lange die Spur des Neonregens.

[Nein]

In der Zeit zwischen dem Augenblick, als er die Hand hob, und dem Moment, als sie sich ihr aufs Gesicht legte, dachte sie: Vielleicht wird es nicht so schlimm. Vielleicht braucht man nur an etwas anderes zu denken, und alles geht von selbst vorbei, ganz leicht.

Als es ihr den Kopf zur Seite warf und es sich ihr über den Mund ergoß, wußte sie, daß sie sich geirrt hatte. Sie öffnete den Mund und wollte etwas sagen, aber es kam nur ein Gurgeln; erst als sie ausgespuckt hatte, einmal, zweimal, nahmen die Worte allmählich wieder Gestalt an.

„Ich will nicht mit dir zusammensein. Ich will nicht. Ich gehe."
„Nein."
„Doch."
„Nein, du gehst nicht."

Er packte sie am Hals. Sie dachte – jetzt ist es vorbei. Jetzt fängt er an zu drücken und kann nicht mehr aufhören. Ich kenne ihn. Er kann nicht aufhören – es ist stärker als er.

Sie sah, wie die Haut an seinem Handgelenk weiß wurde.
„Nein", sagte sie. „Nein, nein, nein."

Seine Augenbrauen spannten sich, der Druck ließ nach, er sah sie an.

„Liebst du mich?"

„Jetzt?" gurgelte sie. „Jetzt?"

„Auch jetzt. Warum sollte es jetzt anders sein als immer?"

Das Bild, das sie vor Augen hatte, begann sich langsam zu entfernen. Als würde es sich in Wasser auflösen. Die Farben verblaßten, die Umrisse verschwanden. Tatsächlich – warum? dachte sie. Jetzt ist es genauso wie immer. Kein bißchen anders. Und Liebe muß immer gleich sein.

„Liebe", sagte er und beugte sich zu ihr, „wichtig ist die Liebe."

„Laß mich", sagte sie, „laß mich." Und sie hörte, wie sich ihre Worte in einen Brei verwandelten. Ich kann nicht so.

Er beugte sich noch näher.

„Ich höre nicht", sagte er. „Zu leise. Ich höre nicht."

Sie wollte es wiederholen, aber sie hatte keinen Atem mehr.

„Erinnerst du dich", sagte er, auch ganz leise, „als wir uns das erste Mal sahen?"

Sie wollte nicken, sie wollte sagen: Natürlich erinnere ich mich. Wie könnte ich es vergessen?

„Ich erinnere mich an alles", sagte er. „Ich erinnere mich, als wäre es gestern gewesen. Aber es war nicht gestern."

Nein, dachte sie, es ist ziemlich viel Zeit vergangen.

„Wir hatten es schön zusammen", sagte er, ganz langsam.

Laß los, dachte sie, laß los.

„Schön", wiederholte er. „Aber jetzt frage ich mich, wo haben wir den Fehler gemacht?"

Fehler? dachte sie. War es ein Fehler? Ich möchte nicht wegen eines Fehlers sterben, den ich überhaupt nicht kenne. Vielleicht gab es überhaupt keinen Fehler. Vielleicht ist eine solche Situation ganz einfach normal nach so vielen Jahren, nur daß sich die meisten Menschen zurückhalten können, sich beherrschen können. Wie oft habe ich dich nachts gesehen, wie du schläfst, wie du atmest, und mir vorgestellt, wie leicht ich dir den Hals durchschneiden könnte. Wie leicht. Nur daß ich mir immer gesagt habe: Du bist verrückt, wenn du so denkst. Vielleicht war ich aber nicht verrückt. Vielleicht hätte ich es tun müssen.

Mit der anderen Hand packte er sie am T-Shirt und zog sie zu sich. Sie hörte, wie der Stoff riß.

Automatisch hob sie die Hände und legte sie auf ihre Brüste. Dann kam ihr diese Bewegung lächerlich vor. Jeden Augenblick kann es egal sein, sagte sie sich. Aber es war stärker als sie. Sie umfaßte die Brüste mit der Hand und dachte noch einmal: Nein. Nein, nein, nein.

[AMTLICHE VERSION]

> So remember be careful should one cross your path
> One innocent movement and it could be your last
> No one knows how it started and God knows how it'll end
> The fighting continues – Women versus Men
>
> David Byrne, *Women vs. Men*

Er sah die Frau, die über das Feld lief. Soso, schon wieder eine, dachte er. Die kriegen aber wirklich nie genug, die verrückten Weiber.

Er nahm die Maschinenpistole von der Schulter und lehnte sie an seine Seite. Sein Blick wanderte über den Lauf und dann zu der Frau. Es paßte zusammen. Und sie kam immer näher. Sie ist schon nahe genug, dachte er. Ich darf sie nicht näher kommen lassen. Dann könnte er ihr schon in die Augen sehen, und dann zittert die Hand gern, sagt der Instrukteur. Diese Distanz ist die richtige.

Dann sah er, daß sich die Frau das T-Shirt über den Kopf zog.

Jetzt, sagte er sich. Jetzt, aber du verfehlst sie womöglich. Du erinnerst dich, wie sich letztens eine ausgezogen hat, als dieser Dünne Posten schob, der immer bis aufs Blut seine Nägel kaut. Sein erster Schuß ging daneben. Und würde sich das wiederholen, würden sich abends beim Trinken die Kollegen dieses Mal über dich lustig machen. Dieses Mal würden sie zu dir sagen: „Du hast dir an den Schwanz gegriffen, und da hat es dich ein bißchen geschleudert, nicht? Ja, dich."

Aber alle geben zu, daß es schwerer ist, wenn die Frau nackt ist. Wenn sie diese Lappen an sich hat, dann geht es noch irgendwie. Da ist sie wie eine von den Figuren auf dem Schießplatz. Dieselben Striche über dem Körper, alle in derselben Richtung. So aber erinnert sie dich an etwas ganz anderes. An dich selbst, wie du unter der Dusche stehst, am ganzen Körper zitternd und frierend, und auf das Wasser wartest. Irgendwie hat sie dieselbe Farbe. Die Haut, ja. Das macht die Haut. Dieselbe Farbe.

Das wissen sie, die Weiber. Deshalb tun sie das. Deshalb. Aber die macht das nicht mit mir. Nein, die nicht.

Jetzt war die Frau schon ganz nahe. Ist doch egal, dachte er. Wenn sie schon so nahe ist, soll sie eben noch ein bißchen näher kommen. Jetzt kann ich sie nicht mehr verfehlen. Nur daß sie nicht so nahe herankommt, daß sie mir mein Zeug verschmutzt.

Oder auch das. Wozu haben wir denn alle diese Waschmaschinen? Wenn sie neulich gewaschen hat, für diesen Dürren, der auf den Nägeln kaut, warum sollte sie es heute nicht? Sie wird schon. Die Maschinen bringen alles in Ordnung. Wir haben gute.

Er bemerkte, daß ihre Haut nicht so war, wie er sie sich vorgestellt hatte. Es war nicht nur die Farbe. Einmal hatten sie ihm eine dieser Frauen ganz aus der Nähe gezeigt, und ihre Haut war schuppig gewesen, rissig wie Borke. Die hier war jung. Ähnlich wie seine. Schon fast zu ähnlich, dachte er bei sich. Wenn das bloß gut ausgeht.

Er hörte ihren Atem. Ungleichmäßig. Und doch keuchte sie nicht. Ja, sie schaufelte die Luft in ihre Lunge, aber so, als wäre das etwas ganz Normales, wenn man eben läuft. Und so war es auch. Es war ganz normal, daß sie atmete. Nicht so, wie die erzählten, die sie schon ganz nahe gehabt hatten. Die erzählten, daß die Frauen ganz unmögliche Laute von sich gaben. Wenn eine so nahe herangekommen war, daß du sie gehört hast, hast du eben geschossen, was solltest du sonst tun? Daß es unmöglich war, sich das anzuhören. Denn wenn du es gehört hast, dann hast du es Nacht für Nacht gehört. Deshalb sind einige Burschen mitten in der Nacht aufgewacht und haben geschrien. Weil sie es gehört haben. Und wenn du die schreien gehört hast, war es fast genauso. Deshalb haben sie sie schnell in Marsch gesetzt und anderswohin geschickt. Niemand wußte, wohin, jedenfalls weit genug, daß ihr Schreien im Schlafraum nicht mehr zu hören war. Wenn sie jetzt das Licht löschen, ist Ruhe. Außer manchmal.

Ich bin nicht schuld, dachte er, daß sie so nahe herangekommen ist, ist sie doch jünger als die anderen. Da kann sie eben schneller laufen. Und sie hat sich auch nicht so schlimm an den Scherben geschnitten. Sie hat zwar die Füße blutig, aber das scheint nicht so arg zu sein, für gewöhnlich stürzen sie schon nach der ersten Schüttung. Die durchschneidet ihnen angeblich die Sehnenenden, und dann können sie nicht weiter. Dann schreit der Kommandant uns an: „Los, Burschen, Training! Wer trifft, geht heute abend ins Kino! Nicht drängeln, einer nach dem anderen!"

Ich treffe nie, weil ich zu aufgeregt bin, machte er sich Vorwürfe. Oder deshalb, weil ich immer ein wenig abrutsche, bevor ich schieße. Als ob ich es nicht wirklich wollte. Im übrigen, vertrieb er diese Gedanken, kannst du später philosophieren, jetzt ist sie hier, zehn Meter, es muß erledigt werden.

Jetzt rief ihn die Frau. Beim Namen.

Das kam ihm für einen Moment ganz selbstverständlich vor. Ja, ich habe einen Namen, dachte er. Ja, sie ruft mich bei meinem Namen. Na und? Der Name ist dazu da, daß du ihn hast. Das bedeutet nichts. Nichts. Nichts außer dem.

Aber als sie ihn beim Namen gerufen hatte, war nichts mehr so einfach wie zuvor. Erst einmal: Sie kennt mich. Wieso das? Schon der Gedanke war schrecklich – daß dich eine von denen kennt. Und außerdem: Es ist irgendwie ein ganz anderes Gefühl, wenn dich der Offizier beim Morgenappell mit Namen ruft, als wenn es eine junge Frau tut, die kein T-Shirt mehr anhat.

„Was?" fragte er, und als er seine Stimme hörte, rauh und ungleichmäßig, wußte er, daß es besser gewesen wäre zu schweigen. Hatten sie ihnen nicht bei den Übungen immer wieder gesagt: Wörter sind unzuverlässig. Sie können anderswo auftreffen, als sie hingezielt haben. Und außerdem hinterlassen sie keine sichtbaren Spuren. Du kannst nie mit letzter Sicherheit wissen, was sie bewirkt haben.

Aber jetzt war es, wie es war. Sie war schon vor ihm, und wenn sie etwas wollte, könnte sie sich auf ihn stürzen, und dann würde er wirklich schießen. Denn dann würde er erschrecken und nicht mehr überlegen. So aber stand sie dort, als wäre nichts. Als hätte sie nicht einmal das T-Shirt ausgezogen.

„Gefalle ich dir?" sagte sie.

Aha. Gefallen. Ja. Aber, verdammt, siehst du denn nicht, du dummes Weib, wie die Sache ist? Du gefällst mir, ja, aber – siehst du denn nicht, wie es in Wirklichkeit ist? Ist euch dort drinnen denn allen das Gehirn aufgeweicht? Ich brauche nur abzudrücken, hier, piff, und du bist nicht mehr.

Ja, er brauchte nur abzudrücken. Das sollte er tun.

„Ja", hörte er sich sagen. Genauso heiser wie zuvor. „Ja."

„Und warum hast du so große Augen?" fragte sie. „Damit du mich besser sehen kannst?"

Das habe ich doch schon mal irgendwo gehört, dachte er. Jetzt macht sie sich schon lustig über mich.

Aber er war nicht ganz überzeugt.

„Wenn du schon sehen willst, dann sieh auch das hier", sagte sie.

Und sie löste das Gummiband im Hosenbund, so daß ihre Hose bis zu den Knöcheln hinabglitt.

Er sah sie an und dachte: Ich müßte zur Seite sehen. Ich müßte mich ein wenig umschauen, ob mich wer sieht. Ob wer anderer hier ist. Aber dann kann sie mich anspringen, wenn ich gerade nicht aufpasse. Besser wäre, ich würde nicht hinsehen.

Er schaute sich um, und da war niemand. Er war allein. Das heißt: Sie waren allein.

„Wir sind allein", sagte die Frau.

Jetzt kam ihm der Gedanke, daß das alles vielleicht doch kein Zufall war. Manchmal erzählten die Burschen, daß auch ganz merkwürdige Dinge geschahen. Daß sie für dich was stellen.

Und das hier war schon merkwürdig. Erstens: Die Frau wußte, wie er hieß. Zweitens: Sie war hergelaufen, als gäbe es keine Wächter und keine Scherbendämme. Ein bißchen blutig, das schon, aber nicht schlimm. Drittens: Sie hatte das T-Shirt ausgezogen. Und die Hose. Warum? Viertens: Es war niemand in der Nähe. Immer ist jemand in der Nähe, aber jetzt nicht.

„Was willst du?" flüsterte er. Eigentlich wollte er schreien, aber irgendwie gelang es ihm nicht.

„Und was willst du?" gab sie ihm zurück. Und sah ihn an – jetzt hast du ein Problem, was?

Ich weiß schon, was ich wollen würde, dachte er. Das weiß ich. Ungefähr. Nur daß ich es dir nicht sagen werde. Das nicht. Das darf ich nicht. Und auch wenn ich es dürfte, würde ich es nicht. Ich weiß nicht. Ich weiß nicht, ob ich es weiß.

„Daß du gehst. Zurück", sagte er, noch immer ganz heiser, und dachte bei sich: Daß ich alle Kraft aus dem Körper in diesen Finger am Abzug bringe. Denn wenn es nötig wird, werde ich alle Kraft brauchen. Und mal ganz ehrlich: Es wäre längst nötig.

„Ich kann nicht zurück", sagte sie ruhig. „Da hinten ist Glas. Und alles mögliche. Ich bin kaum bis hierher gekommen. Und außerdem: Ich will nicht dort sein."

Na dann sieh zu, wie du zurechtkommst. Als ginge es darum,

daß man hin- und herspaziert. Ist es nicht so, daß du dort sein müßtest und ich hier? Siehst du wirklich nicht, daß die Sache ernst ist? Jeder von uns hat seinen Platz, du hast ihn verlassen, ich nicht. Du hast einen Fehler gemacht, ich werde keinen machen.

Er hob den Lauf. Das konnte er noch. Abdrücken aber nicht. Die Nerven in der Hand flatterten, daß ihn der ganze Körper schmerzte. Er müßte fliehen, dachte er. Fliehen, was immer passiert. Wenn ich laufen würde, wäre es leichter. Wenn sie dich von hinten erschießen, fühlst du dasselbe, aber wenigstens ist keine Zeit für Angst. Ich kann nicht schießen. Weil sie lebendig ist. Und das alles keinen Sinn hat. Das Lager. Die Glasdämme. Die nackte Frau. Ich mit der Waffe. Wer, verdammt, soll das begreifen?

„Ich werde schießen", hauchte er.

Wieder rief sie ihn beim Namen.

„Wenn du willst, dann schieß", sagte sie.

„Woher kennst du meinen Namen?" fragte er.

„Ihr habt alle diesen Namen", sagte sie verwundert. „Alle."

Er überlegte. Alle? Vielleicht stimmte das ja. Er kannte keine anderen Namen. Wurden sie deshalb mit Nummern gerufen?

„Und wie ist dein Name?" fragte er.

Sie lächelte.

„Du weißt es doch", sagte sie. „Was sollen die Spielchen? Du weißt es doch."

Nein, er wußte es nicht.

„Sag", sagte er.

Sie schwieg. Sie sah ihn an.

„Warum sagst du ihn nicht?" fragte er. „Hast du Angst?"

„Vor dem Namen?" sagte sie. „Warum sollte ich davor Angst haben? Da gibt es andere Dinge. Wichtigere. Solche, vor denen man mehr Angst haben muß."

Ja, dachte er bei sich und sah sie an. Wirklich. Mit dem Namen würde er noch fertig werden. Aber wie soll er mit ihrer Haut fertig werden? Und sie ist jetzt ganz so. Bedeckt mit Haut. Kein Teil des Körpers, wo sie es nicht wäre. Und deshalb weiß er nicht, wie mit ihr umgehen. Mit der Puppe bei den Übungen ging es einfach, die hatte keine Haut, die war ganz aus Plastik. Aber die hier kannst du nirgends angreifen, ohne ihre Haut zu berühren. Ja, das ist die Schwierigkeit. Das. Die Haut. Die ist gefährlich.

„Hast du keine Angst?" sagte sie.

Regel Nummer eins: Keine Angst haben. Wenn du Angst hast, ist ein besonderer Geruch in der Luft, den die Feindin sofort wahrnimmt. Und dann gibt es kein Zögern, keine Gnade.

„Nein, ich habe keine Angst", sagte er.

Und er wußte, daß es in der Luft nach Angst roch. Weil die Uniform am Rücken klebte. Und der Finger am Abzug. Nein, sie hatte solche Schwierigkeiten nicht.

Er würde am liebsten schießen. Denn dann wäre alles vorbei. Aber ich kann nicht, sagte er sich. Sie ist seltsam nahe, und ich weiß nicht, vielleicht prallt die Kugel ab. Denn – das ist Haut. In die Haut treffen ist vielleicht anders.

Dann bekam für ihn plötzlich alles einen Sinn, eine Erklärung. Natürlich: Er träumte. Das gab es nur im Traum. Deshalb kannte die Frau seinen Namen. Weil sie überhaupt nicht da war. Weil er sie nur träumte, und so war sie er selbst, und von sich selbst würde er schon wissen, wie der Name war. In Wirklichkeit war nichts von all dem wirklich, und wenn er schießen würde, würde er aufwachen, und er würde erkennen, daß er im Konfektionsschlafzimmer im Ehebett lag und vor Entsetzen schrie und seine Frau ihm die Hand auf den Mund preßte und fragte, was los sei, wie in diesen Filmen, die sie ihnen andauernd im Vergnügungszentrum vorführten.

Und dann würde er sagen, daß nichts sei und daß es schon in Ordnung sei, und so tun, als wäre er wieder eingeschlafen, aber nein, bis zum Morgen würde er nachdenken, was zwischen ihm und seiner Frau nicht stimmte, daß er solche Sachen träumte. Was zum Teufel hatte er ins Unterbewußtsein verdrängt, daß es so herauskam?

Aber es war besser als das jetzt.

Er sah das Gesicht seiner Frau, ihre warmen Augen, die glatte Haut auf den Wangen, die Geborgenheit bedeutete. Und er wollte zu ihr. Sobald wie möglich.

Er schoß.

Der Schrei übertönte den Knall fast. So, das ist es also, jetzt wache ich auf, dachte er.

Aber nein.

Noch immer sah ihn dieselbe nackte Frau an, nirgends waren die warmen Augen seiner Frau, nur diese Frau, und ihre Augen wurden immer größer und immer gläserner.

Auf ihrer Brust breitete sich ein roter Fleck aus.

„So", sagte sie. „So."

Und fiel nach vorn.

Er sah an sich hinunter, sah die Blutspritzer auf der Uniform und schrie auf. Es war anders als zuvor, und er begriff, daß zuvor nicht er geschrien hatte.

Er wollte schreien jetzt, aber etwas glitt ihm in den Mund, würgte ihn, er konnte keinen Schrei herauspressen, er kämpfte, um den Atem herauszubringen, und dann blieb er weg.

Er erwachte schwer, als müßte er Sand von sich schütteln, vor den Augen wurde es von den Rändern zur Mitte hin klar, und als er zu Bewußtsein kam, war über ihm überhaupt nicht das blauäugige liebe Gesicht seiner Frau und hinter ihm das billige Mobiliar. Besorgt beobachtete ihn ein grauhaariger Mann, hinter dem sich nur der weiße Verputz erstreckte.

„So. Du bist zurückgekehrt. Du bist zu uns zurückgekehrt", sagte der Mann zu ihm.

Er verstand nicht.

„Wo bin ich?"

„Keine Sorge. Du brauchst jetzt Ruhe. Keine Sorge."

„Wer sind Sie?"

„Der Kurat eurer Brigade. Keine Sorge."

„Was ist passiert?"

„Du hast es gut gemacht, mein Sohn, keine Sorge, du bist nur müde, sehr müde, du brauchst jetzt Ruhe."

„Ich bin wirklich müde", gab er zu.

„Natürlich, alle sind müde."

„Ich habe von einer Frau geträumt ..."

„Natürlich, natürlich. Das tun alle ...", flüsterte der Mann und legte ihm die Hand auf den Mund.

Und dann hüllte ihn wieder die Dunkelheit ein.

Als er erwachte, sah er, daß er nicht allein im Raum war.

Aus den Nachbarbetten sahen ihn drei in seinem Alter an.

„Wie geht es dir?" sagte der im nächsten. Er zitterte stark. Von seinem Zittern quietschte das Bett.

„Wo sind wir?" sagte er statt einer Antwort.

„Im ... Krankenhaus", sagte der Bursche zögernd.

So: Krankenhaus. Ihn überkam Erleichterung. Hier würde man für ihn sorgen. Was verkehrt war, würde bald in Ordnung kommen.

„Und warum seid ihr hier?"

„Alle aus demselben Grund. Jeder hat eine von denen abgeknallt."

Aha, dachte er, aha. Der Traum dauerte noch. Aber gut, wenn wir schon hier sind, gehen wir der Sache auf den Grund.

„Du meinst, eine von denen, die flüchten wollen."

„Ja, welche sonst?"

„Hat sich deine auch ausgezogen, bevor du sie ...?"
Der Zitternde sagte ganz leise:
„Ja. Alle ziehen sich aus. Wenigstens ein bißchen."
„Warum?"
„Verdammt, das weiß ich nicht."
„Warum bewachen wir sie denn? Warum ist es so, wie es ist?"
Der Zitternde wurde nachdenklich.
„Ich weiß nicht", sagte er. „Glaubst du, daß das wichtig ist? So ist es eben, seit jeher, was können wir beide da tun?"
An der Tür erschien der Grauhaarige.
„Ihr redet zuviel, Burschen", sagte er. „Ihr braucht Schlaf, Ruhe. Auf euch wartet die Pflicht."
Als er die Tür wieder geschlossen hatte, kam der Zitternde vertraulich näher.
„Seit ich in diesem Zimmer bin", flüsterte er, „habe ich merkwürdige Träume. Daß ich überhaupt keine Uniform trage und daß wir mit den Frauen in derselben Welt leben. Daß wir uns manchmal mit ihnen an den Händen halten und es überhaupt nicht weh tut. Merkwürdig, was?"
Wirklich merkwürdig, überlegte er, als er sich mit Müdigkeit füllte, als würde Wasser in seinen Körper dringen. Im Traum kommt alles in Ordnung, stellt sich alles an seinen Platz. Was in der Wirklichkeit zu wenig ist, ist dort zu viel, und umgekehrt. Wahrscheinlich macht das einen Sinn, nur ist der ziemlich schwer zu ertragen.
Als er erwachte, schien ihm, daß etwas verkehrt war. Das Schreien, das er hörte, zuerst von fern, dann immer näher, schob er irgendwo unter sich, so tief es ging. Dann fühlte er, daß er nicht mehr konnte, und öffnete die Augen.
Der Mann, der sich über ihn beugte, trug einen zerfransten gestreiften Pyjama und hatte Flecken unter den Augen.
„Leise, leise", flüsterte er ihm zu. „Es geht vorüber. Auch das geht vorüber."

„Was ist geschehen?" fragte er.

„Die Frauen", sagte der Mann. „Du weißt ja, immer dasselbe: die Frauen."

Die Männer in den gestreiften Pyjamas, die ihn umkreisten, nickten.

„Man müßte von hier weg", sagte einer von ihnen. „Seht doch, was sie mit ihm gemacht haben. Das erwartet uns auch. Genau dasselbe."

„Mach dich nicht verrückt", sagte ein anderer. „Wohin willst du denn? Draußen ist das Glas, mein Lieber. Du brauchst nur zu warten, bis du an der Reihe bist, und dann schneiden dich die Weiber langsam in Stücke. Und es dauert lange, bis du tot bist."

„Verdammt", murmelte der Dritte, „tot sein, das wäre nicht so schlecht. Wenn es schneller ginge, meine ich."

„Es kann durchaus schneller gehen", sagte jemand aus dem Hintergrund. „Du zeigst einem Weib deinen Schwanz, und sie knallt dich ab, weil sie nicht weiß, was sie damit soll."

Die Männer lachten trocken, und ihn hüllte die Finsternis ein.

Als er erwachte, wollte er schreien, aber der grauhaarige Kurat, der ihm die Hand auf den Mund drückte, ließ nicht locker.

„Leise, leise, Bursche", flüsterte er von ganz nahe, daß ihm der Speichel auf die Wange sprühte. „Du wirst dich daran gewöhnen, wir alle gewöhnen uns daran." Dann deutete er irgendwohin in den Hintergrund, und vom Einstich aus verteilte sich die Erleichterung über den Oberarm.

Als er erwachte, sah er in die warmen blauen Augen seiner Frau, die sich über ihn beugte, und das Entsetzen fuhr von ihm. Diese Augen, dieser warme Blick war ein Teil der vertrauten Welt, einer Welt, in der er wußte, wie und was, einer Welt, in der er immer hatte sein wollen.

„Was ist mit dir?" fragte sie. „Schon die ganze Nacht schreist du, und ich kann dich überhaupt nicht aufwecken."

Er schwieg. Wenn sie wüßte, was ich alles geträumt habe, dachte er und schwieg. Gut, daß du es nicht weißt. Gut, daß es dir erspart bleibt.

„So kann es nicht weitergehen", sagte seine Frau und bedeckte ihre Augen. „So nicht! Ich sehe dich nur, wenn du schläfst, und höre nur dein Schreien. Was machst du nur tagsüber, daß du nachts so schreien mußt? Nichts Gutes, vermutlich." Ihre Stimme war gespannt, sie wuchs in ein Schreien hinüber: „Ich will so nicht mehr, verstehst du? Ich werde gehen, ich gehe weg."

Er wollte sagen, daß das ein Irrtum sei, er wollte sie fragen, wie es zu einem solchen Mißverständnis hatte kommen können, denn sie waren doch glücklich, sie waren immer so glücklich gewesen, und er wollte sie bitten, die Hände wegzunehmen, damit er wieder ihre warmen Augen sehen konnte, doch es ging nicht, er brachte keinen Laut aus sich heraus. Ihm schien, daß er mit einem Rest von Muntersein nickte, genau das Gegenteil von dem, was er wollte, dann betäubte ihn wieder die Müdigkeit.

Als er erwachte, sah er durch den Nebel des Schlafes den Grauhaarigen, der betrübt den Kopf schüttelte.

„Das hatten wir nicht abgemacht", sagte er. „Nein, Flucht ist keine Lösung. Du bist, was du bist. Du kannst nirgendwohin fliehen. Gut, du bist nicht der erste, dem das Hirn geronnen ist, als er schießen mußte, aber du bist der erste, der alles wegschlafen will. Bursche, die meisten bekommen dafür eine Medaille, aber dir geben wir Beruhigungsmittel."

Er wollte widersprechen, aber es hatte ihn schon wieder davongetragen in den Schlaf.

Als er erwachte, fühlte er, wie ihm jemand das Gesicht abwischte, und als er die Augen öffnete, sah er, daß er in einer Lache Bierschaum lag.

„Du hast wieder getankt", hörte er eine Stimme von oben, „verzieh dich, wenn du weißt, wohin. Wir schließen. Für dich haben wir schon geschlossen."

„Wieviel bin ich schuldig?" murmelte er.

„Hab' dir schon aus der Tasche genommen, was es ausgemacht hat", lachte der Barkeeper. „Sei unbesorgt, es ist alles bezahlt. Außerdem gebe ich dir einen Rat: Du trinkst zuviel, mein Lieber, es gibt auch bedeutend einfachere Wege, die Frauen loszuwerden, sage ich dir, die gibt es."

„Wer sagt, daß ich die Frauen loswerden will?" fragte er und spürte den Geschmack abgestandenen Schaumes auf der Zunge.

„Wer das sagt? Das ist gut. Du sagst es, mein Lieber, du, ununterbrochen."

Sein Kopf wurde wieder unerträglich schwer und sank zurück auf die Theke. Der dumpfe Schmerz des Aufpralls war sanfter als das Wachsein.

Als er erwachte, sah er über sich den grauhaarigen Kuraten und den Leutnant seiner Abteilung, die ihn nachdenklich ansahen.

„Manche können es eben nicht, für sie ist es zu schwer", entbot ihm der Leutnant seinen Gruß.

„Auch das kommt vor", bestätigte der Kurat und krempelte die Ärmel hoch.

„Was wird die Todesursache sein?" fragte der Leutnant.

„Ich bin doch nicht tot", meldete er sich. „Ich bin lebendig."

„In der amtlichen Version, meine ich", erklärte der Leutnant.

„Ich verstehe nicht."

„Es muß eine amtliche Version geben, sonst gibt es zu viele Möglichkeiten."

„Was für Möglichkeiten?" fragte er. Er versuchte aufzustehen, aber es ging nicht, der Körper gehorchte nicht.

Der Leutnant stieß einen Seufzer aus. „Jetzt habe ich aber genug", sagte er zum Kuraten. Der lächelte und hob die Arme.

Der Leutnant zuckte mit den Achseln und trat einen Schritt zurück.

„Geduld", sagte der Kurat über die Schulter hinweg. „Geduld."

Der Leutnant verzog das Gesicht. „Ich habe genug von denen", sagte er. „Genug von allen zusammen."

„Erstickung", verkündete der Kurat und beugte sich über das Bett. Sein Gesicht kam näher und näher und verdeckte das Licht immer mehr.

Der Leutnant war nicht zu sehen, seine Stimme kam aus unbestimmter Ferne.

„Ich will nicht drängen, aber ... das ist heute nicht die einzige Erledigung, die ich zu machen habe."

„Wir sind ja schon fertig", sagte der Kurat gutmütig. „Es ist schon alles vorbei, seien Sie unbesorgt."

„Was soll ich als Todesstunde eintragen?"

„Er hat noch zwei Minuten, würde ich sagen."

Er spannte alles an, um aufzuspringen, ihn wegzustoßen, um sich zu schlagen, aber er hatte überhaupt keine Kraft, statt eines Schreis, den er aus den Lungen geschickt hatte, wälzte sich ein schwächliches Murmeln über die Lippen:

„Ich will nicht ... Ich will nicht ..."

„Dramatisieren Sie nicht", fauchte der Kurat, ein wenig gelangweilt. „Jetzt haben Sie sich an diese Sache gehängt, als wäre sie so wichtig. Und als gäbe es eine andere Möglichkeit."

„Immer dasselbe Lied", meldete sich der Leutnant aus dem Hintergrund. „Alle glauben, daß sie sich einfach retten können, wenn es ihnen einfällt."

„Wer kann das wissen?" lächelte der Kurat. „Die Philosophen sagen, daß die meisten Religionen wahr sind, weil wir die meiste Zeit wirklich an sie glauben. Und wenn wir nicht an sie glaubten, dann ..."

„Verkomplizieren Sie die Dinge nicht. Die zwei Minuten sind vorüber", unterbrach ihn der Leutnant.

Der Kurat nickte ernsthaft, ergriff das Kissen, zog es ihm unter dem Kopf hervor und drückte es ihm aufs Gesicht.

„Vielleicht wird es eine Minute länger dauern. Seien wir nicht kleinlich."

Er biß ins Kissen, er kämpfte, um die Zunge hindurchzudrükken, er zwängte sich durch die dichte Masse, die ihm in den Mund kroch, durch das Runde, das sich ihm immer tiefer in den Körper drängte und durch das etwas Weiches, Leichtes in ihn quoll, etwas, das ihn von innen zu bedecken, ihm die Lungen- und dann die Blutbläschen zu füllen, das ihn aufzuheben begann, so daß er emporgeschwebt wäre, hätte nicht ein anderes, neues Gewicht ihn hinuntergezogen, hinunter ...

Mit mürrischer Miene besahen die beiden Polizisten den abgebissenen Plastikschlauch, dessen eines Ende sie dem Mann aus dem Mund gezogen hatten und dessen anderes Ende mit unzähligen Lagen Isolierband am Auspuffrohr befestigt war. Der Motor war längst stehengeblieben, das Benzin war ausgegangen, als eine kleine Familie beim Pilzesammeln das Auto auf einem Waldweg entdeckt hatte. Jetzt standen sie in gebührender Entfernung vom Auto dichtgedrängt zusammen. Das Kind zog den Vater an der Hand, sie sollten näher herangehen, der Vater runzelte nur die Stirn, mit der anderen Hand hielt er seine Frau am Gürtel.

„Diesmal wird es keine Schwierigkeiten mit dem Protokoll geben", sagte der ältere Polizist zum jüngeren. „Vergiftung mit Monoxyd. Keine Fremdeinwirkung. Eine Frau. Sicher steckt eine Frau dahinter."

Er drehte sich zu der Familie um. „Ich denke, das Kind hat genug gesehen", sagte er. „Eher schon zuviel, glauben Sie nicht? Vermutlich ist es Zeit, daß Sie gehen."

Der Mann nickte und sah die Frau an, dann das Kind. Er nickte ihnen zu, etwa: Habe ich euch nicht gesagt, daß wir gehen sollen? Der hat es auch faustdick hinter den Ohren, dachte der Polizist. Genau wie ich.

„Was ist da passiert?" fragte das Kind. „Stimmt was nicht? Was ist mit dem Mann?"

„Ihm ist schlecht geworden", sagte der Polizist. „Das kommt vor. Wir sehen solche Sachen oft."

Das Kind öffnete den Mund, als ob es noch etwas fragen wollte, aber es hielt inne, machte einen Schritt zurück und schmiegte sich an seine Mutter. Beim Mann klingelte das Mobiltelefon. Er zog es aus der Tasche, sah auf die Nummer, runzelte die Stirn, sagte rasch in den Hörer: „Ich kann jetzt nicht" und schaltete aus. Wieder sah er die Frau an, die dem Kind über die Haare strich.

Typischer Geschäftsanruf, dachte der Polizist. Am Abend wirst du sie anrufen und sagen, daß du nicht kannst, du kannst überhaupt nicht mehr, nicht jetzt und nicht später, das Kind braucht dich und ähnliches. Und zu deiner Frau wirst du sagen, sie soll dir verzeihen, du bist in der letzten Zeit wirklich zu lange im Büro geblieben, aber jetzt wird sich das ändern, alles wird sich ändern, du wirst dich ihr und dem Kleinen widmen, du wirst ein anderer Mensch werden, der Dienst wird nicht mehr Vorrang haben, ihr habt alles noch vor euch und solche Sachen. Es ist schwer, solche Dinge mit anzusehen, schwer, ich weiß. Deshalb wirst du ihr sagen, daß es vorbei ist, ich weiß, ich kenne das.

Später, als sie schon Richtung Stadt fuhren, als sie den Leichnam schon übernommen hatten und die kleine Familie schon in der sicheren Höhle ihres Heims verschwunden war, mußte er an diese Frau denken, an ihr erschrockenes, verwirrtes Gesicht, an den Arm, mit dem sie das Kind umschlungen hielt. Er versuchte ihre Angst und ihr Widerstreben zu vergessen, er versuchte sich an die Haut dieser Frau zu erinnern, sich die Formen ihres Körpers ins Gedächtnis zu rufen, sie sich vorzustellen, wie sie bald, sehr bald vor einem Bett ihre Kleider ablegen würde, ein Stück nach dem anderen, er versuchte sich ihre glatten, fließenden Bewegungen bei dieser eingespielten Verrichtung vorzustellen, doch es ging nicht, das Bild geriet ins Stocken, vor seine Augen schob sich immer wieder das blau angelaufene, fest in den Plastikschlauch verbissene Gesicht des Mannes, und er sagte zum Jüngeren, daß er nicht mehr fahren könne. Er solle ihn am Steuer ablösen und rasch weiterfahren, er solle ihn zurückfahren, in die Unterkunft. Kaum hatte er das gesagt, packte ihn ein Hustenanfall, er drohte zu ersticken, und die Straße verschwand vor seinen Augen, er sah nur noch seine Hände, die zum Mund fuhren, die Hände seines Kollegen, die sich nach dem Steuer streckten, und dann hatte er Blutgeschmack im Mund. Zu früh, dachte er verwundert.

[THE PANKERTS SPIELEN LOVE-SONGS]

MM, kennst du den Anfang?

Der Tag ist heiß, sehr heiß. Alles auf der Erde ist bis auf den letzten Halm versengt. Die Blätter rollen sich ein und fallen von den Bäumen, die Menschen schleppen sich ausgelaugt dicht an den Hauswänden entlang, und in der Stadt wölkt sich der Geruch nach Benzin und Staub. Ich halte mich zu Haus auf, wie gewöhnlich, ich liege auf der durchgeschwitzten Bettdecke und wische mit der Stirn den Tau von einer frischen Flasche Bier. Ich sollte die Kassetten zur Videothek zurückbringen, aber irgendwie ist jetzt nicht die passende Zeit, sich zu bewegen. Ich sollte mir vielleicht eine Pizza kommen lassen, aber die würden mir sicher erzählen, der Zustelldienst hätte wegen des Wetters die Mitarbeit aufgekündigt. Klar, wer würde den Ofen wegen einer einzigen Pizza anheizen? Schwierigkeiten eines Junggesellenlebens, was soll's. Ich hätte heiraten sollen, aber es ist zu heiß, vielleicht sollte ich unter die Dusche ...

An der Tür läutet es.

„Danke, ich brauche keine Reinigungsmittel!" rufe ich. Außer wenn Sie sie sofort anwenden, denke ich.

Es läutet noch einmal.

„Bücher habe ich auch genug", mache ich einen weiteren Versuch. Was ein ziemliches Herunterspielen der Situation ist. Was heißt hier genug, die Bücher werden schon ein echtes Problem.

„Ich bin es", meldet sich eine mir bekannt vorkommende Stimme.

Ich stehe auf und trete vorsichtig über die leeren Flaschen. Die Tür ist bei meinen sechsundzwanzig Quadratmetern unerwartet weit weg.

Draußen steht Peter.

„Ausgerechnet du", sage ich.

Er springt nervös zurück. „Warum sagst du das?" fragt er.

Für einen Moment schließe ich die Augen und hole Luft. „Schon in Ordnung. Es ist eben heiß. Hol dir ein Bier aus dem Kühlschrank und komm." Ich gehe zum Bett zurück und mach' mich lang.

Er geht in die Küche.

„Ich habe keinen Öffner", rufe ich hinter ihm her. „Du mußt den Verschluß gegen den Rand des Spülbeckens halten und auf die Flasche schlagen."

Kurzes Lärmen, dann folgt ein unbeholfener Schlag. Ich stehe auf und gehe in die Küche. Peter steht mit der Flasche in der Hand da und betrachtet sie bekümmert. Ich nehme die Flasche, öffne sie mit einem fachmännischen Schlag und gehe ins Zimmer zurück. Er schleppt sich mir hinterher.

Ich habe keine Stühle. Selbst wenn ich Geld dafür ausgeben wollte, gäbe es keinen Platz, sie irgendwohin zu stellen. Ich deute aufs Bett, aber mit einem Ausdruck von Ekel schüttelt er den Kopf. Er hockt sich an die Wand und kreuzt die Beine. Ich habe nie so recht verstanden, was Tina an ihm findet, aber so sind die Frauen, was ich weiß.

Wir trinken. Von unten sind gedämpfte Stimmen zu hören. Peter runzelt die Stirn. Mein Nachbar hat eine neue Freundin. Jeden Abend machen sie diese Sachen. Na ja, sie ist nicht mehr ganz neu. Jetzt weiß ich schon genau, wann es gegen das Ende hin geht und wie sie da hinkommen.

„Unten", sage ich. „Mein Nachbar. Wenn sie gerade liegen, hämmert das Bett gegen die Wand. Heute abend gefällt es ihr, glaube ich."

„Jesus", sagt er.

Ich nicke ernsthaft. Ein Seufzen ist zu hören.

„Ich hab's dir gesagt", nicke ich Peter zu.

„Jesus", sagt er wieder, diesmal leiser, als würde er die Ohren spitzen. „Kannst du das nicht irgendwie stoppen?"

Ich bin nicht überzeugt, daß er es ernst meint. „Stoppen? Wie? Warum?"

„Ich meine, den Lärm und so ..."

„Ach das! Was willst du, es gibt Sachen, die einfach nicht leise gehen."

Er sieht mich verzweifelt an.

„Na, verlieren wir keine Zeit, du hast es sicher eilig. Was machst du hier?"

Peter drückt sich an die Wand. Das Gestöhne unter ihm beginnt rhythmische Formen anzunehmen. Er nimmt die Flasche und setzt sie an. Das Bett unten beginnt zu quietschen.

„Mein Gott", sagt er, „sind die immer so laut?"

„Wird nicht lange dauern."

Der Nachbar röchelt. Die Frauenstimme ruft Unverständliches. Das Hämmern des Bettes gegen die Wand wird immer stärker.

„Jetzt", sage ich.

Ein langer Keucher ist zu hören. Dann wird es ganz still.

„Na, hab' ich ja gesagt. Jetzt noch duschen, und dann ist Ruhe. Er schläft ein, und sie geht. Wie läuft's bei dir und Tina?"

„Tina ... Okay, okay. Ach Gott ..."

Ich sehe ihn an. In dem Licht, das durch das verhängte Fenster sickert, scheint von seinem Gesicht Dunst aufzusteigen. Er lehnt sich zurück, auf die Ellbogen, und starrt mich finster an.

„Tina", sagt er, „ist sehr okay. Es war nie besser. Aber ..."

Es scheint, daß die Angelegenheit länger dauern wird als die da unten. Ich stelle meine Flasche weg und hole mir eine neue. Als ich zurückkomme, beschließt er, die Initiative zu übernehmen.

„Wie geht's dir?" fragt er.

Ich zucke mit den Achseln. „Die Hitze ist schrecklich."

„Finanziell, meine ich."

Der Schlag sitzt tief. Sehr tief.

„Geht so", sage ich. „Wenn ich diese Flaschen verkaufe, bin ich reich. Und die Bücher natürlich."

Er sieht sich um, als wollte er abschätzen, ob ich vielleicht einen Scherz mache.

„Bist du an was dran?"

„Bin ich, bin ich", nicke ich bekümmert. „Ich komme überhaupt nicht nach. Ständig läutet das Telefon, da kommen die Leute ..." Ich breite die Arme aus; er sieht mich immer ungläubiger an.

„Wenn du Geld brauchst ...", fängt er langsam an.

„Soll ich dir bei was helfen? Soll ich jemanden umbringen?" sage ich mit gespielter Begeisterung.

„Das fehlte noch", murmelt er.

„Weshalb bist du gekommen?" frage ich. „Willst du ein Buch ausleihen? Nichts für ungut, aber daraus wird nichts. Ich meine, du schuldest mir noch immer das *Kamasutra*."

„Kamasutra?" Er ist verblüfft und beginnt wild mit dem Kopf zu schütteln. Mir ist es schon richtig unangenehm.

„Ich wollte wohl einen Witz machen", gestehe ich zerknirscht. „Entschuldige."

Er zuckt mit den Achseln und starrt auf seine leere Flasche, dann sieht er mich an. Ich nicke ihm aufmunternd zu. Er stellt sie zu den übrigen und holt sich eine neue. Ich höre seine

Versuche, den Verschluß abzuschlagen. Er müht sich ziemlich lange.

Ich trinke und sehe ihn an. Ich kenne ihn kaum. Tina hat ihn geheiratet, als Monika und ich noch in Indien waren. In einem dieser Orte, wo die Post nicht hinkommt. Was hätte ich tun sollen? Als ich zurückkam, war sie schon seit vier Monaten unter der Haube. Ich habe Peter beobachtet, wann immer wir zusammenkamen, und wußte nie, wie ich ihn angehen sollte. Hauptsache, Tina weiß es, sagte ich mir. Einen Dreck wußte sie. Als wir uns bei so einer Familiensache einmal hatten vollaufen lassen, gab sie zu, daß sie gehofft hatte, Peter und ich würden gut miteinander auskommen, weil wir annähernd gleich alt waren. Und daß ich ihr dann sagen würde, wie sie mit ihm am besten zurechtkäme.

„Also?" sage ich.

Er entschließt sich zu einem Kopfsprung.

„Glaubst du, sie hat einen anderen?" fragt er und greift sich fast an den Mund.

„Und wer wäre der eine?" frage ich wie beiläufig. Gerade du wirst mich fragen, ob ich genug Geld habe!

Das gefällt ihm nicht.

„Komm schon", sagt er. „Wir sind erwachsene Menschen ..."

„Der eine mehr, der andere weniger", sage ich. Boshaft, gebe ich zu.

„... und die Erwachsenste ist Tina."

Ich werde nachdenklich. Der Wahrheit zuliebe muß ich gestehen, daß dem nicht zu widersprechen ist.

„Und doch ...", sagt er. Und schweigt wieder. Und doch – was? Was hat sie denn Unerwachsenes gemacht? Die Sache wird langsam interessant.

„Warum glaubst du, sollte sie einen anderen haben?" taste ich nach.

Peter zieht den Kopf zwischen die Schultern.

„Du weißt doch, wie es ist. Genaugenommen weiß ich nicht viel von ihr. Ich meine – wie sie früher war. Vor mir hatte sie andere."

„Das ist mir allerdings bekannt", gebe ich zu.

Jetzt wird es ihm unangenehm.

„Ja, klar. Sonst würden wir beide uns nicht unterhalten."

Sonst wäre mir manches erspart geblieben, denke ich. Und mache ein leidendes Gesicht.

„Wie auch immer ...", sagt er und schweigt dramatisch.

„Ich höre."

„Tina schläft nicht mehr zu Haus."

Also, das kann man wirklich als Neuigkeit bezeichnen. Tina wollte sich noch nie – *nie* – irgendwohin bewegen. Sie war verzweifelt, als ich nach Indien ging. Ihrer Meinung nach wird die Welt schon in der Nachbarstraße finster, unsicher, bedrohlich. Sie blieb am liebsten zu Hause, das war für sie am sichersten.

„Und wo schläft sie?" frage ich.

Peter breitet theatralisch die Arme.

„Keine Ahnung. Nach Hause kommt sie morgens."

„Also kommt sie wenigstens noch nach Hause, alte Schule, das ist nicht schlecht", versuche ich ihn aufzumuntern. Es verfängt nicht.

Finster blickt er in Richtung Küche. Das Bier wird wieder einmal nicht bis zum Abend reichen, denke ich.

„Und was sagt sie?"

„Nichts. Sie schläft den ganzen Tag, und abends geht sie wieder."

„Und?"

Peter sieht mich überrascht an. „Was und?"

„Ich meine – stört dich das, oder was?"

„Natürlich stört es mich! Solche Sachen bin ich nicht gewohnt. Früher gab es so etwas nicht."

„Früher war die Lebenszeit kürzer, deshalb war die Monogamie leichter zu ertragen."

Peter seufzt.

„Ich habe nicht an *so* alte Zeiten gedacht."

„Peter, sag mir etwas ganz ehrlich."

Er zuckt zusammen. Eine solche Einleitung hat er nicht erwartet. Er hat erwartet, daß ich ihn irgendwohin schicke, im besten Fall in den Laden, um Bier zu holen. Eine solche Einleitung aber nicht.

„Frag nur."

„Vermißt du Tina wirklich? Oder ist dir nur langweilig?"

Nicht für einen Moment zögert er.

„Ich vermisse sie wirklich." Natürlich, was habe ich denn gedacht?

„Jetzt sag aber auch du mir etwas ganz ehrlich", nutzt er die Gelegenheit aus.

Ich sehe ihn scharf an, von wegen: Bin ich nicht der einzige, der dir *immer* alles, *alles* ganz ehrlich erzählt hat?

„Frag."

„Was hat dir deine Einsamkeit gebracht?"

Aha, der Herr haben also über eine Veränderung des Aggregatzustandes nachgedacht?

„Manches", sage ich kurz angebunden.

„Sag mir zwei Dinge." Offensichtlich mache ich ein ziemlich finsteres Gesicht, denn fast im selben Atemzug korrigiert er sich: „Eines."

„Natürlich, kann ich dir sagen. Mehr als eines." Mach dich nur wichtig, bereue ich bereits. Schon eine Sache wirst du dich schwertun dir auszudenken. „Seit ich in der Einsamkeit lebe, ist mir manches klar geworden."

„Zum Beispiel?"
„Zum Beispiel einige Konstanten in der Volksüberlieferung."
„Zum Beispiel?"
„Zum Beispiel: Alle Tiere, die sich im Märchen in Prinzessinnen verwandeln, sind die Folge sodomitischer Erfahrungen auf einsamen Bauernhöfen."

Peter runzelt die Stirn. „Was willst du damit sagen?" fragt er. Er spricht die Wörter sehr langsam aus, als fürchte er, daß auch ich ihn nicht verstehe.

„Vergiß es", sage ich. „Trinkst du noch ein Bier?"
„Ich weiß nicht."

Ich zucke mit den Achseln und begebe mich zum Kühlschrank. Das scheint mir eine der einfacheren Fragen zu sein, die einen Menschen mitten an einem Sommernachmittag ereilen können.

„Werden sie dir nicht ausgehen?" ruft er mir nach.

„Einmal bestimmt", murmle ich. Ich strecke die Hand aus und ziehe sie, als er nach der Flasche greift, wieder zurück. „Bist du überzeugt, daß du weißt, was Sodomie ist?" frage ich.

Peters Blick wandert im Kreis, über die Bücher, dann wieder zurück zu den Flaschen. „Ich weiß nicht. Ich bin nicht überzeugt", sagt er leise.

„Habe ich mir gedacht." Ich werfe ihm eine Flasche in den Schoß, und mir kommt vor, daß er aufatmet, als sie nicht zerbricht. Er sieht mich bekümmert an.

„Geschlechtsverkehr mit Tieren", sage ich.

Peter wird es offensichtlich schlecht.

„Bitte, sprich nicht weiter", murmelt er.

„Da gibt es nichts weiter", sage ich. „Das ist es."

Er legt die Flasche von einer Hand in die andere und wartet, was jetzt kommt.

„Prost", sage ich. Und zeige ihm mit anschaulicher Geste, wie er mit dem Werkzeug umgehen soll, das er in der Hand wiegt: Die Öffnung setzt du tiefer an, als der Boden ist, und schon läuft die Sache.

„Ich verstehe nicht, warum sie weggegangen ist", versucht er nach besten Kräften das Thema zu wechseln.

„Weggegangen? Du sagst doch, daß sie morgens zurückkommt!"

„Ich meine – warum sie angefangen hat wegzugehen."

Eine so philosophisch konzipierte Debatte macht mir Durst. Ich denke an eine neue Flasche, genaugenommen an die *Idee* einer neuen Flasche, denn seit meiner letzten Annäherung an den Kühlschrank ist mir erinnerlich, daß die Getränke wirklich dem Ende entgegengehen.

„Vielleicht hat sie nicht mehr gekriegt, was sie wollte. Du bist zu alt für sie."

„Hör auf! Ich bin jünger als du."

„Das hat nichts zu sagen. Auch ich bin alt."

Peters Geduld schmilzt zusehends.

„Spiel nicht immer den Obergescheiten! Was bringt dir das?" schreit er.

„Nicht viel", sage ich bescheiden. „Aber ich weiß, was Sodomie ist."

„Du und deine Bücher", merkt Peter an, um sich irgendwie zu rächen.

Ich nicke zerknirscht. „Willst du eines?"

„Schon ohne die habe ich Schwierigkeiten genug", sagt Peter. Ich spüre, wie der Raum Gelegenheit zur Rache bietet, und ergreife sie.

„Natürlich, Schwierigkeiten. Solange sie für dich gesorgt hat, war alles in Ordnung, jetzt, wo sie das Versäumte ein wenig nachholen will, nennst du das Schwierigkeiten, nicht? Mein Bester, würdest du nicht lieber die Einsamkeit genießen, so wie ich?"

„Mein Bester" klingt ungeheuer beleidigend, aber das merkt er nicht.

„Hör zu ...", sagt Peter.

Ich höre.

„Ich meine – die sexuelle Revolution ist vorüber, oder? Man läuft nicht mehr herum und treibt es mit jedem, der einem gefällt, nicht? Oder ist es wieder anders? Habe ich etwas nicht mitgekriegt? Steht darüber etwas in deinen Büchern?"

Wer über Ironie verfügt, wird überleben, räsoniere ich, also brauche ich ihn nicht zu schonen.

„Für dich war die Revolution, wenn du überhaupt in deren Nähe warst, offensichtlich in dem Moment aus, als du deine Alte eingefangen hattest", beginne ich. „Ich verstehe ja, Ersatzmutter und so."

Er verzieht weinerlich das Gesicht, ein zuverlässiges Zeichen, daß ich auf dem richtigen Weg bin. Natürlich, es ist wie immer: Wenn ich merke, daß ich am Gewinnen bin, hört es auf mich zu interessieren.

„Aber lassen wir das", sage ich, und er nickt heftig. „Wenn du schon mal da bist ... Bist du schon weiter mit der Gitarre, oder kannst du immer noch nicht mehr als diesen Riff aus *Satisfaction*?"

Verlegen knetet er seine Finger. „Letztens habe ich was aus *You Can't Always Get What You Want* gebracht ..."

„Verspürst du irgendwie den Wunsch nach einem Duett?" Ich deute in die Ecke, wo meine beiden Gitarren lehnen. „Akustisch oder elektrisch?"

Seine Augen beginnen zu leuchten. An die Elektrische lasse ich ihn selten ran. „Kann ich mit meinem eigenen Blättchen?"

Ich breite die Arme, und er holt so einen richtigen Prügel heraus. Ich weiß, daß ich jetzt auf ein böses Solo auf einer Saite gefaßt sein muß, aber was soll's, Gäste haben selbst bei mir gewisse Rechte.

„Und was spielen wir?" frage ich und nehme die Akustische in die Hand. Man müßte sie stimmen, ich habe auf beiden schon lange nicht mehr gespielt, geschweige denn auf beiden gleichzeitig, aber wer wollte jetzt damit Zeit verlieren?

„Und bringst du damit reine Klassik, e, a, e, ha Septime?"

„Ich glaube, daß ich das schaffe, wenn ich mich ein bißchen konzentriere", sage ich vorsichtig. „Aber bevor wir anfangen, sag trotzdem, was hast du mit Tina vor?"

Mit der elektrischen Gitarre in der Hand steigt sein Selbstbewußtsein auf seltsame Weise. Er grinst mich an.

„Du machst dir Sorgen, daß ich deine Mami laufen lasse und daß sie unglücklich wird, oder? Fang schon an, Bursche."

Okay, denke ich, du hast dich jedenfalls wieder eingekriegt. Und Tina soll sehen, wie sie zurechtkommt. Sie ist ja alt genug, da muß sie schon alleine für sich sorgen können. Und wer bin ich überhaupt, daß ich mich jetzt in ihre Sachen einmische und mir Gedanken mache, was richtig wäre und was falsch?

Ich fange an, und er zieht sofort ein Solo ab. Natürlich verliert er sich, bevor wir das zweite Mal zur Septime kommen. Ich hoffe, daß es dir gutgeht in diesem Moment, Tina, denke ich, als ich hoffnungslos seiner Improvisation hinterherhaste. Denn zwischen mir und meinem Stiefvater läuft es nicht zum besten.

Peter hört mitten im Riff auf, wie es seine Art ist. Ich denke, daß ich immer besser verstehe, warum Tina nicht mehr zu Hause schlafen will.

„Hör mal ...", sagt er.

„Ich höre", presse ich hervor, „daß es bei uns nicht unbedingt gut läuft."

Ungeduldig reißt er die Saite an, und aus der Gitarre dröhnt der beste Sound heute.

„Nein, nicht das", sagt er. „Ich wollte dich was fragen – kennst du irgendwelche interessanten Frauen?"

Hm, es sieht so aus, als würde er jetzt auf den Generationenvertrag setzen und so. Ich denke an die neue Freundin meines Nachbarn.

„Ich habe nicht gewußt, daß sich mein Stiefvater für Frauen interessiert", gebe ich von oben herab zurück. „Und ich habe nicht gewußt, daß er mich für so verdorben hält, sich von mir Hilfe bei solch lüsternen Gedanken und Absichten zu erwarten."

Er verzieht das Gesicht. Natürlich ist ihm klar, daß ich ihm keine lüsternen Handlungen unterstelle.

„Ich habe nicht gewußt, daß mein Stiefsohn erwachsen ist und jetzt das mustergültige Familienleben predigt", gibt er mir nach besten Kräften zurück. „Wohin geht diese Welt?"

„Ja wirklich, wohin?", murmle ich und markiere ein paar Akkorde aus *Brown Sugar*. Er greift sie nicht auf. Vielleicht ist die Sache zu schwer für ihn.

„Sagt dir die Auswahl nicht zu?" taste ich mich vor. Tatsächlich, ich habe es erraten, seine Grimasse verrät, daß er eine andere Musik möchte.

„Ich weiß nicht, warum wir immer nur die Stones spielen", sagt er und sieht zu Boden, als wäre es ihm peinlich.

„Gefallen sie dir nicht? Tradition, Überlieferung unserer Großväter?"

„Sie gefallen mir, aber ..."

Die Pausen setzt Peter so ein, wie einige Leute in ihren Briefen jene Wörter unterstreichen, denen sie eine Bedeutung zuschreiben möchten, die sie in Wirklichkeit nicht haben. Ich warte.

„... nur sind sie irgendwie nicht aus unserer Zeit."

Ich breite die Arme. „Und was hättest du gern, daß wir spielen? Ich bringe meine Platten aus den Diskozeiten, und wir können ein wenig scratchen, wenn ich ein Grammophon finde."

„Ich meine, wir sollten nach vorn schauen, nicht zurück."

Ich kann mich kaum zurückhalten, nicht in ein Schreien auszubrechen, so gewaltig scheint mir dieser Satz. Peter war bei aller Verlorenheit immer ein wenig präpotent. Vermutlich war es das gewesen, was Tina gefallen hatte. Vermutlich, zu Anfang.

„Und was sollen wir demnach spielen?"

„Nicht diese ... Geschichten der Unzufriedenheit. Die Stones, Punk ... Das ist vorbei. Es ist Zeit für etwas Neues. Etwas, das die Menschen zusammenführt."

Geschichten der Unzufriedenheit! Wo hat er das aufgesammelt? Die Sache wird immer komischer. Sollte mir auch alles danebengehen, überlege ich, kann ich mich bis zum letzten Atemzug mit dem Gedanken an Peter trösten, der eine Partei oder Sekte gründen und die Welt retten wird.

„Zeit für Love-Songs?"

Die Idee kommt Peter überhaupt nicht bizarr vor, er nimmt die Ironie nicht wahr, mehr noch, es sieht so aus, als wäre das wirklich etwas Neues für ihn.

„Zum Beispiel", sagt er ganz ernst. „Meinst du, daß wir das nicht brächten?"

„Hast du etwas Konkretes im Sinn?"

Soll er nur *I Just Called to Say I Love You* oder derartige Marmelade vorschlagen, dann werf' ich ihn raus, spreche ich mir Mut zu. Nein, derart Konkretes hat er nicht im Sinn.

„Wir werden ein bißchen improvisieren", sagt er. Natürlich, kein einziges Stück kennen und dann hoffen, daß mir die Fehler erst hinterher auffallen. Aber wer bin ich, ihm jetzt zu widersprechen, wer bin ich, daß ich ihm das Vergnügen trübe, wo der Mensch doch offensichtlich überzeugt ist, bestens unterwegs zu sein?

„Peter", sage ich.

„Ja?" Er wartet, daß ich sage, keine Improvisation, Stones oder nichts. Aber das werde ich nicht sagen.

„Interessante Frauen, Peter ..."

„Ja?"

„... gehen ständig hier am Fenster vorbei."

Peter sieht mich zuerst verwundert an, richtig lange sieht er mich an, dann grinst er.

„Und deshalb gehst du nie raus? Ich verstehe."

Wenn du etwas verstehst, erklär es bitte auch mir, denke ich. Aber ich sage nichts, und so gehen wir es wieder an, improvisierte Love-Songs ohne Worte, eine schöne Sache, da gibt es nichts. Peter sieht zufrieden aus, die elektrische Gitarre strickt immer lauter. Der Nachbar von unten fängt an gegen die Decke zu klopfen.

Komm lieber rauf und mach mit, das nächste Mal klopfe ich bei dir, es gibt Sachen, die nicht leise vonstatten gehen dürfen, denke ich. Und wir spielen weiter. Ich habe immer mehr den Eindruck, daß es besser ist, wenn es keinen Text gibt.

[TOTALE ERINNERUNG]

Liza schreibt mit dünnem Filzstift an die Wand der Klubtoilette. Die Wand vibriert unter dem Dröhnen der Baßtrommel, und ihre gewöhnlich fein gezogenen Buchstaben bilden in dem abgehackten Rhythmus eine seltsame Kette. Sie würde einen dickeren Stift brauchen, unter all den Inschriften an den Wänden wird ihre schwer lesbar sein. Da sie aber vorher nicht gewußt hat, daß sie etwas schreiben würde, hat sie nicht vorgesorgt; sie hat nur den Filzstift dabei, mit dem sie manchmal etwas in ihr Notizbuch schreibt. Trotzdem: Wichtig ist, daß sie etwas hinschreibt. Sie ist nicht deshalb aufs Klo gegangen, nein, sie mußte mal.

Und als sie dann seltsam über die Muschel gekrümmt war (die sie, so redete sie sich ohne Pause ein, nicht berühren durfte, weil alle sie berührten und darauf unendlich viel Schmutz war) und las, was alles an der Wand stand, schien ihr, daß dort fast alles stand, nur das Wichtigste nicht. Das Wichtigste: ihre Geschichte. Und ihr schien, daß sie das jetzt ändern müsse. Sie hat es nirgendwohin eilig; die Freundinnen, die sich um einen der flachen Tische in der Ecke drängen, werden schon warten. Auch jetzt wird eine der anderen vorlügen, wie sie den vorigen Abend verbracht hat, sie werden über Filme reden, die sie nie gesehen haben, Geschenke, die sie nie bekommen haben, Autos, in denen sie nie gefahren sind, und Jungen, die sie nie geküßt haben, und werden sich von Zeit zu Zeit von der Seite ansehen, und eine wird sagen: „Liza bleibt aber ziemlich lange weg!" Und dann werden sie lange kichern, als handle es sich dabei um etwas sehr Komisches.

Von Mare Novak habe ich AIDS gekriegt

Das ist es, was Liza schreibt. Und schon ist sie fast fertig, und es ist gut, daß sie fertig ist, dem Filzstift geht der Saft aus und ihr die Kraft, jeder einzelne Buchstabe macht sie noch kraftloser, mit jedem neuen wünscht sie sich mehr, nicht mit den Freundinnen ausgegangen zu sein, wenigstens heute nicht und auch damals nicht, als sie genau hier, genau in diesem Klub, Mare Novak kennengelernt hat, und auch an jenem Abend nicht, als sie zu Hause gesagt hatte, sie gehe mit ihren Freundinnen aus, und den Freundinnen, daß sie zu Haus bleiben würde, und dann war sie mit Mare gegangen, aber nie in diesen Klub, niemals, denn sie war nie ganz sicher gewesen, daß hier nicht eine ihrer Freundinnen herumhängen würde oder sogar alle zusammen und daß die dann nicht ihre Köpfe zusammenstecken und kichern würden, wenn eine von ihnen etwas sagen würde, was Liza nicht hören würde, und daß sie dann nicht lange kichern würden, als handle es sich dabei um etwas sehr Komisches.

Genaugenommen hat Liza kein AIDS. Aber das wußte sie bis heute, als sie die Befunde bekam, nicht. Von jenem Moment an, als Mare zu ihr gesagt hatte, er habe *eine* – nicht *eine andere*, denn das hätte bedeutet, daß sie die *erste* war –, von jenem Moment an, als er ihr sagte, er habe *eine* – war sie überzeugt, daß er *es* hatte. Zuerst wußte sie nicht, was sie tun sollte. Sollte sie zum Test gehen, oder sollte sie sich gleich von der Welt verabschieden. Weil sie sich nicht entschließen konnte, machte sie beides. Das Verabschieden ging ihr ziemlich leicht von der Hand. Der Weg zum Test, das war schwerer. Das war eine Art Eingeständnis, daß du diese Sachen treibst. Ja (Liza schloß die Augen und preßte die Lippen aufeinander, als sie in Gedanken diese Worte aussprach, aber jetzt konnte sie sie zumindest aussprechen, anfangs konnte sie es nicht, dann hatte sie geübt, jeden Abend allein für sich, fast bis zum Morgen) – *daß du dich hingibst.*

Es waren auch andere Worte, es waren ihrer viele, auch jetzt sind es ihrer viele, gerade an diesem Ort, ihre Freundinnen haben am Tisch, an dem sie sich drängten, als der DJ was Langsameres auflegte und kein Richtiger sie holen kam, mehr rausgelassen, als Liza ertragen konnte. Deshalb hat sie gesagt, daß sie mal muß, und ist aufs Klo gelaufen. Aber nicht so eilig, daß sie nicht gehört hätte, wie eine zu den anderen und, so schien es Liza, gleich zu der ganzen Welt sagte: „Seht doch, auch Liza muß mal!" Und sie haben gekichert, als handle es sich dabei um etwas sehr Komisches.

Liza schreibt mit dünnem Filzstift an die Wand der Klubtoilette und erinnert sich. Sie erinnert sich, wie es in diesem Hausflur nach Feuchtem roch, wie sie sich die ganze Zeit nach der Tür hin umdrehte und wartete, daß sie aufgehen würde, wie sie die Ohren spitzte, als Schritte näher kamen und sich wieder entfernten, sie erinnert sich, wie kalt die Wand war, und dann der Stein auf dem Boden, sie erinnert sich, wie kalt Mares Hände auf ihrer Haut waren, sie erinnert sich, wie nahe er war, so nahe, daß sie die Schweißtropfen auf seinem Gesicht roch, sie erinnert sich, wie er ihr das Höschen herunter- und sie es wieder hinaufzog, aber nicht entschlossen genug, offensichtlich nicht entschlossen genug, denn dann war es unten, irgendwo dort unten, auf dem Boden, es lag irgendwo weit weg, ein weißer Fleck im Dunkel, und am besten erinnert sie sich, wie sie wartete, daß es vorübergehen würde, wie sie die ganze Zeit hoffte, daß sie nicht von irgendwelchen Freundinnen gesehen würde, daß sie sie nicht sehen und sagen würden: „Oh, seht doch, die da unten, die da unter Mare Novak, die kennen wir doch, das ist Liza!" Das würden sie sagen und kichern, als handle es sich dabei um etwas sehr Komisches.

Vielleicht, überlegt Liza, war das mit Mare Novak ja ganz in Ordnung. Es hätte viel schlimmer sein können, diejenigen, die sich trauten, über diese Dinge zu reden, haben Geschichten erzählt, die Liza bedeutend schlimmer vorgekommen sind. Mare hat ihre Sachen zusammengesammelt und den Staub von ihnen geschüttelt; Mare hat ihr die Hand gegeben, damit sie leichter aufstehen konnte; Mare hat zu ihr gesagt, sie würden jetzt auf einen Saft oder einen Kaffee gehen; Mare hat gesagt, es sei auch in Ordnung, wenn sie ein andermal gingen, als sie sagte, daß sie nicht auf einen Saft oder Kaffee gehen könne, weil sie rasch nach Haus müsse; Mare hat zu ihr gesagt, daß er sie anrufen werde, obwohl er dann nicht angerufen hat, zumindest hat er aber *gesagt*, daß er anrufen werde, von den Freundinnen hat sie gehört, daß manche das nicht einmal sagen, geschweige denn, daß sie wirklich anrufen würden, auch ihr scheint, daß einige wirklich so sind, vielleicht sind fast alle so, alle außer Mare, und es kommt ihr seltsam vor, daß danach, als sie das gesagt hatten, die Freundinnen kicherten, als handle es sich dabei um etwas sehr Komisches.

Liza überlegt, daß sie solche Sachen eigentlich nicht tun dürfte, daß sie eigentlich nicht an die Wand schreiben dürfte, nicht diesen Satz. Denn die, die diesen Satz ernst nehmen, werden glauben, daß er der Wahrheit entspricht, daß Mare Novak angesteckt ist, und dann werden sie glauben, daß sie etwas tun müssen, überlegt Liza, daß sie ihn beseitigen müssen oder so, das aber würde ihr nicht gefallen, das ist nicht das, was sie wollen würde, nein, das will sie wirklich nicht, und nicht nur, weil sie nicht davon überzeugt ist, daß Mare Novak AIDS hat, nicht nur deshalb, weil sie glaubt, daß Mare Novak überhaupt kein AIDS hat, wenn er es hätte, würde er sich, überlegt Liza, völlig und total anders benehmen, wenn er es hätte, hätte er sie mit Sicherheit nicht in diesen Hausflur gebracht, sicher hätte er sie nicht geküßt, an diese kalte Wand gelehnt, Mare Novak mit Sicherheit nicht, vielleicht einer von den Burschen, von denen ihre Freundinnen erzählt haben, nicht aber Mare Novak, überlegt Liza.

Und wenn, überlegt Liza, Mare Novak diesen Satz sehen würde, dann würde er vermutlich sofort wissen, daß sie ihn geschrieben hat, genau sie, Liza, denn, überlegt Liza, Mare Novak kennt vielleicht überhaupt keine andere, die von ihm AIDS hätte bekommen können, denn, überlegt Liza, vielleicht hat ihr Mare Novak nur *gesagt*, daß er *eine* hat, in Wirklichkeit aber gibt es diese *eine* überhaupt nicht, nur sie gibt es, Liza, und von *einer* hat er nur deshalb gesprochen, weil er sich nicht eingestehen wollte und weil er es noch weniger Liza eingestehen wollte, daß es in Wirklichkeit nur eine gab, *sie*, Liza. Sie würde gern ihre Freundinnen fragen, wie es mit Mare Novak steht, sie würde sie fragen, ob sie etwas wissen, wie es mit ihm und mit noch einer ist, ob es überhaupt noch irgendeine gibt, alles das könnte sie sie fragen, so im Vorübergehen, ohne Schwierigkeiten, denn sie haben einander immer solche Sachen gefragt, wenn sie nur nicht mit ihm in diesem feuchten Hausflur zusammengewesen wäre, dann könnte sie sie fragen, jetzt aber kann sie es nicht mehr, denn mitten in der Frage würde sie rot werden, oder ihre Stimme würde zu zittern beginnen; und wenn sie rot werden oder ihre Stimme zu zittern beginnen würde, würde eine von ihnen oder vielleicht sogar alle zusammen Liza direkt in die Augen blicken, eine Zeitlang würden sie so schauen, und dann würden sie zischen: „Ja Liza! Warum interessiert denn *dich* das?" Und dann würden die Freundinnen kichern, als handle es sich dabei um etwas sehr Komisches.

Liza schreibt mit dünnem Filzstift an die Wand der Klubtoilette, und über ihre Wangen fließen Tränen. Liza weiß nicht, was sie machen soll. Sie schreibt, obwohl sie in Wirklichkeit nicht schreiben will. Und sie wünscht sich, daß sie nie diesen Filzstift aus der Tasche geholt hätte, daß sie nie auf die Toilette gegangen wäre, und sie überlegt, daß sie sich vielleicht wünschen müßte, nie in diese Diskothek gekommen zu sein, weder heute noch an jenem Abend, als sie Mare Novak kennengelernt hat, oder daß sie zumindest nie in diesen feuchten Hausflur gegangen wäre, daß Mare Novak noch immer derselbe Junge wäre, der Saft oder Kaffee trinkt und der nicht weiß, wer Liza ist, der, von dem ihre Freundinnen erzählen, ja, der, der die ganze Zeit woanders hinsieht und der Liza niemals bemerkt, obwohl sie ihn oft ansieht. So wäre es vielleicht besser, vielleicht wäre es sogar besser, wenn die Freundinnen bemerkt hätten, daß sie ihn oft ansieht, und ihr sagen würden, daß sie es bemerkt hätten, und dann kichern würden, als handle es sich dabei um etwas sehr Komisches.

Liza spuckt auf ihren Satz und versucht ihn wegzuwischen, aber ihr Filzstift ist offensichtlich wasserfest, und der Satz will nicht von der Wand, alles, was Liza gelingt, ist, daß sie das Ganze irgendwie verwischt, so daß es aussieht, als stünde der Satz schon ziemlich lange hier, als wäre er nicht erst von einer geschrieben worden, die gerade aus der Toilette gekommen ist. Und Liza wirft ihren Filzstift ins Klo und zieht das Wasser und beobachtet entsetzt, daß der Filzstift an der Oberfläche schwimmt, und zieht noch einmal und noch einmal, und nichts ändert sich, der Filzstift ist noch immer dort, und dann wirft Liza viel, viel Papier darauf, und dann wird er endlich verschluckt. Und Liza wäscht sich das Gesicht mit kaltem Wasser und entschließt sich, zu den Freundinnen zurückzukehren, sich zurück an ihren Platz zu setzen und nicht zu weinen anzufangen, wenn eine von ihnen sagen wird: „Ja Liza! Was hast du denn so lange auf dem Klo gemacht?" Und sie alle dann kichern werden, als handle es sich dabei um etwas sehr Komisches.

Liza geht zurück zur Tanzfläche und überlegt, warum Mare Novak nicht mehr in den Klub gekommen ist, seit er ihr gesagt hat, daß er *eine* hat, sie überlegt, warum er nicht einmal mit ihr zusammen kommt, damit sie sie sieht und weiß, daß diese *eine* wirklich existiert. Liza sieht sich um und schaut, ob Mare heute vielleicht doch gekommen ist und sie ihn in diesem Gewimmel aus Körpern, zwischen diesen scharfen Strahlen, die die Dunkelheit durchschneiden, nur nicht bemerkt hat. Liza schaut herum und sieht, daß es jetzt nichts anderes gibt als die Trommeln, die dröhnen, nichts anderes als die Neonflecken, die sich auf die Körper kleben. Liza schaut und sieht, wie jemand mit der Hand durch die Luft fährt und einen Schwall Bierschaum rausläßt, der über die Wand rinnt, wie jemand anderes das bemerkt und die Augenbrauen runzelt. Liza sieht, wie sich in der Ecke alle die versammelt haben, denen es nicht mehr um Ortsveränderung zu tun ist, sie sieht, wie sich ihre Zungen berühren, sie sieht, wie sich eine Hand windet und durch die Luft schwimmt, um ein anderes Gesicht zu berühren, sie sieht es und erinnert sich jenes feuchten Hausflurs und erinnert sich der Schweißtropfen auf der Augenbraue von Mare Novak und erinnert sich an alles, an alles erinnert sie sich, sie erinnert sich an diesen Hausflur, als hätte sie ihn nie verlassen, und erinnert sich, wie es war, und weiß, daß es nie anders sein wird, als sie sich erinnert.

Liza geht zurück zu den Freundinnen und überlegt. Sie überlegt, ob sie es ihnen sagen soll, wie es in diesem feuchten Hausflur war, denn, überlegt Liza, es war ziemlich anders als in allen ihren Geschichten, die sie sich Abend für Abend erzählten, und, überlegt Liza, vielleicht wissen die Freundinnen überhaupt nicht, wie es mit dieser Sache in Wirklichkeit ist, ganz bestimmt aber wissen sie nicht, wie es mit Mare Novak ist, und vielleicht sollte sie ihnen alles erzählen, und wenn sie dann aufhören würde zu erzählen und sie sie dann verwundert ansehen und sich fragen würden, warum erzählt sie uns denn das, diese Liza, die immer, *immer* ganz still ist, wenn sie sich dann ansehen und sich fragen und sich zuzwinkern würden, dann würde Liza anfangen zu kichern, als handle es sich dabei um etwas sehr Komisches.

[TAG DER UNABHÄNGIGKEIT]

Dies ist eine Geschichte, die mir Papa erzählen wird, der schon lange wissen wird, wie es in den längst vergangenen Zeiten ohne mich und dich war, in Zeiten, als du von einem Unbekannten auf der Straße kein Bonbon annehmen durftest, weil es ganz sicher vergiftet war, in jenen Zeiten, als nicht nur Unbekannte auf den Straßen Bonbons hatten, die du nicht annehmen durftest, wenn du überleben wolltest, dies ist eine Geschichte vom Ende jener Zeit, und du mußt sie hören, hör sie dir an, damit du sie deinen Kindern weitergeben kannst, wenn der Zeitpunkt gekommen ist. Deshalb werde ich sie dir anvertrauen, und wir werden verhalten miteinander sprechen, vorsichtig, mit gedämpfter Stimme, wie es jenen längst vergangenen Tagen entspricht, und wir werden über die Schulter blicken, ob dort nicht vielleicht jemand ist, der die Ohren spitzt nach etwas, was ihn nichts angeht.

Er war dabei, wird mir mein Papa erzählen, genau dort war er, in den ersten Reihen, ganz vorne, und der Korken, der unkontrolliert aus einer der zahlreichen Champagnerflaschen geflogen war, hatte genau ihn getroffen, als er sich mit einem schwer erkämpften Glas unter der Bühne durchdrängelte und sich zu der Szene hinreckte, und hatte ihm über dem Auge ein schwärzliches Hämatom gezeichnet. Damit ein Unglück nicht allein kam, was ja das Sprichwort nicht erlaubt, hatte er vor

Überraschung den krampfhaften Griff gelockert, und das Glas war auf dem Asphalt in winzige Stückchen zerschellt, Papa war, als er das Gleichgewicht suchte, gestürzt, hatte sich auf die ausgestreckte Hand gestützt und auf den blutigen Riß in der Handfläche gestarrt, als die Leute so weit Platz gemacht hatten, daß er aufstehen konnte.

Es hatte Gekreisch gegeben, niemand hatte Blut erwartet, nicht an dem Tag, der von einem Jahr zum anderen, von einer Generation zur anderen, von einem Leben zum anderen erwartet worden war, alle hatten gewußt, daß es möglich war, aber niemand hatte es erwartet, das passiert, solche Dinge passieren, das ist doch nicht so schlimm, das ist nicht schlimm, hatten alle um ihn herum gesagt, und zu guter Letzt hatte das auch Papa gesagt, was sollte er sonst tun? Es ist nicht so schlimm, sagte er, und die Leute lachten, begannen ihm auf die Schultern zu klopfen, nicht so schlimm, es ist nicht so schlimm, schrien sie durcheinander, ihm aber tropfte es von der Hand, und es brannte auch, es ist nicht so schlimm, sagte er mit zusammengepreßten Zähnen, das wiederholte er in einem fort, und dann nahm er das angebotene Glas Schnaps und stürzte es hinunter, so hastig, wie es nur ging, und dann wollte ihm wirklich scheinen, daß es wahr sein mußte, wenn es alle sagten und er mit ihnen zusammen, daß es nichts Schlimmes sein konnte, obwohl es in der Handfläche seltsam brannte.

Beim zweiten Glas wurde ihm schon völlig klar, daß es nicht schlimm war, ganz bestimmt nicht, wenn es etwas Schlimmes gegeben hatte, dann war das vorher gewesen, jetzt nicht mehr, und es würde auch nicht mehr sein, und deshalb wehrte er sich nicht allzu sehr, als ihn dieses Mädchen zu küssen begann, es war ganz angenehm, ein ziemliches Geküsse ringsum, Momente, wie es sie noch nicht gegeben hatte und wie es sie vielleicht auch nicht mehr geben würde, wenn sich alle küssen, wenn du dich kaum zurückhalten kannst, besonders wenn neben dir eine ist, die sich überhaupt nicht zurückhält, die ganz im Gegenteil dir sogar die Hand auf deinen schwarzen Fleck legt, so oft, daß der Schmerz vergeht und einem unbekannten, einem angenehmen und neuen Gefühl weicht. Und deshalb wehrte sich Papa nicht, im Gegenteil, als ihm dieses Mädchen zuflüsterte, daß hier das Gedränge aber wirklich zu arg sei und daß es im alten Teil der Stadt, was heißt Stadt, Hauptstadt seit heute abend, haufenweise lauschige Eckchen gebe, die seit jeher da waren und seit jeher auf solche Pärchen warteten, wie sie beide eines waren. Und deshalb ging Papa ihr nach, deshalb ließ er sich von ihr an der Hand in einen jener dunklen Hausflure führen, die vermutlich genau deshalb da waren, damit die Leute Flüssigkeiten ablassen oder sich spritzen konnten, in einen jener Hausflure, deren dichtgewebte Dunkelheit die Blicke abschirmte, und du weißt, was in diesem Hausflur passiert ist, solche Dinge passieren allen, fast allen, besonders an einem solchen Tag, wie es ihn noch nie gegeben hatte und wie es ihn nie mehr geben wird.

Er erinnert sich nicht mehr so richtig, wird Papa zu mir sagen, er weiß nicht mehr genau, was mit ihm passiert ist in diesem Hausflur, es ist schnell gegangen, schneller, als er gedacht und sich gewünscht hat, aber es ist ihm schön vorgekommen, angenehm, er hat gedacht, daß es so sein mußte, wenn es ein ganz besonderer Tag war, ein Tag, wie ihn jemand zum ersten Mal erlebte, natürlich nur, wenn er ihn erlebte, denn ihm ist vorgekommen, wird Papa anmerken, daß es auch Leute gibt, denen solche Dinge nicht passieren, und solche, wird Papa hinzusetzen, wissen eben nicht so richtig, was sie versäumt haben, und für solche ist es vielleicht auch nicht so schlimm, nicht so, wie wenn sie es wüßten.

Und er erinnert sich, wird Papa zu mir sagen, lediglich daran, daß, als sie ihre Sachen aufgesammelt hatten und zurückgegangen waren, unter den befreiten Himmel, sie eine Frau angesprochen hat, die an einem Strick zusammengebundene Kartons nachzog. „Entschuldigen Sie, aber leben Sie etwa in so einer Schachtel?" hat sie sie gefragt, und er, Papa, erinnert sich, daß er den Kopf geschüttelt hat, er erinnert sich, daß er seinem Mädchen in die Augen geblickt und gesehen hat, wie sie sich mit Grauen füllten. „Dann gebt mir doch ein paar Hunderter", hat die Kartonfrau nachgefaßt, und er, Papa, erinnert sich, wie er ohne Zögern in die Tasche gegriffen hat, als wäre dort etwas, da war aber nichts, er hatte alles an den Tischen dort gelassen, wo der Champagner ausgeschenkt wurde, nichts war umsonst, auch an einem solchen Tag nicht, wann ist denn überhaupt was umsonst, wenn nicht mal an einem solchen Tag? Er, Papa, erinnert sich, daß er in seine Tasche gegriffen hat und daß dort nichts war und daß sein Mädchen ihn an der Hand gefaßt hat, „nein, nein", hat sie gesagt, obwohl er schon selbst begriffen hatte, daß da nichts war, daß es nicht gehen würde, obwohl er vielleicht gewollt hätte, daß es ginge. Und er erinnert sich, wird Papa schließlich sagen, wie er und dieses Mädchen weitergegangen sind, dieses Mädchen aus dem Hausflur, sein Mädchen für diesen Abend, mit der er ein Paar werden würde, nicht gleich, nicht gleich an jenem Abend, nein, einige Zeit würde noch vergehen, sie würden umeinander herumlaufen und grübeln, ob ja oder ob nein, aber dann würden sie von mir erfahren und doch zugeben, daß sie ein Paar sind, wird Papa abschließend sagen, und daß sie weitergegangen sind und daß diese Frau mit den Kartons ihnen nachgesehen hat, ihnen lange nachgesehen und dann begonnen hat ihre Kartons im Hausflur auszubreiten, in jenem Hausflur, den sie beide gerade verlassen hatten.

Das ist die Geschichte, die mir Papa erzählen wird, wenn ich ihn fragen werde, wie ich auf die Welt gekommen bin, und er wird sie mir leise erzählen, als wäre es ihm unangenehm, daß es so war, wie es war, daß ihm das Blut aus der Hand geflossen ist und er nichts gefunden hat, als er in die Tasche griff. Und ich werde nicht verstehen, warum es ihm unangenehm ist, wie auch du mich nicht verstehst, warum es mir unangenehm ist, wenn ich dir diese Geschichte erzähle, und wie deine Kinder dich nicht verstehen werden, wenn der Moment kommt, in dem sie es erfahren.

Aber das ist noch weit, überlassen wir die Sache dir, und beschäftige du dich damit, wenn die Zeit gekommen ist. Jetzt kommt eine andere Geschichte, ich kann sie nicht mehr zurückhalten, jetzt kommt mein Tag heran. Ich werde auf die Welt kommen, ich werde mich an dem Schwall Luft erfreuen, der mir in den Körper dringen wird, alles wird anders sein, als es hier drinnen ist, alles unbekannt und groß, anders, das ist gut, es kann nicht anders sein als gut, und ich werde schreien vor Glück. Die Frau, die Mama zu rufen ich lernen werde, aber das wird später sein, viel später, wird irgendwo hinter mir stöhnen. Was ist das? werde ich mich fragen, was geht da vor? Warum verstummt die Stimme nicht? Und Papa wird sich zu mir beugen, wird mich berühren, zum ersten Mal werde ich diese rauhe, kalte Haut spüren, die dann noch so oft an mir sein wird, ein seltsames Gefühl wird das sein, nicht unangenehm, nur seltsam, wenn früher alles rings um mich gezittert und gegurgelt hat, und jetzt plötzlich so. Und er wird etwas zu mir sagen, und ich werde nicht verstehen, was er zu mir sagt.

Papa. Papa. So wird es sein, Papa. Du wirst in mein Leben kommen, du wirst darin sein, und ich werde lange brauchen, um deine Geschichten zu verstehen. Geschichten aus längst vergangenen Zeiten ohne mich, aus Zeiten, wo du von einem Unbekannten auf der Straße kein Bonbon annehmen durftest, denn es war ganz sicher vergiftet.

[EIN GLÜCK]

Danke für die Melodie, SD.

Als der Mann früher als gewöhnlich von der Arbeit nach Haus kommt, findet er seine Frau im Bett. Mit seinem besten Freund, natürlich. Und sie sind kräftig bei der Sache! Was soll ich machen? Was macht man, wenn einem so was passiert? fragt er die beiden völlig unvorbereitet. Natürlich kommt ihm sofort in den Sinn, daß er im Schrank unter den Hemden, eingewickelt in ein abgetragenes T-Shirt, irgend so eine Pistole versteckt hat. Als die Armee nach Süden zog, gab es solche Sachen günstig zu kaufen, und er hatte beschlossen, einen Vorrat für den Notfall anzulegen, wie alle, die an so was herankamen.

Die beiden, zerknirscht unter das mit zarten Blümchen bestreute Laken gezwängt, sagen nichts. Auch er kennt die Antwort nicht. Warum muß das moderne Leben so kompliziert sein? denkt er. Er nimmt die Pistole aus dem Schrank, einfach so, damit klar ist, womit man zu rechnen hat, wenn man bei ihm am Gesetz vorbei unter die gemeinsame Decke schlüpft. Die Frau sagt, mach keinen Zirkus, du tust es doch nicht, du traust dich ja nicht, du bist nicht der Kerl dafür. Ach nein? fragt der Mann, ach nein? Der Freund nimmt ihn ernster, der Mann weiß, daß die Flecken auf seinem Gesicht nicht nur von der Sommerhitze kommen. Ach nein? schreit der Mann, dem die Angst des Freundes die mehr als notwendige Entschlossenheit verleiht, ach nein?

Fest packt er die Pistole und preßt sie mal dem Freund, mal sich selbst unters Kinn. Die Schweißbäche, die dem Freund übers Gesicht laufen, tropfen auf die Pistole, und dem Mann gefällt das überhaupt nicht, die Situation zeigt immer weniger Würde. Deshalb bewegt er die Pistole von dem Kinn des einen unter seines und zurück, immer schneller. Also, jetzt sag schon, wen liebst du mehr, wen soll ich abknallen? schreit er die Frau an. Noch zweimal sagt sie zu ihm, daß er in Wirklichkeit nicht der Kerl ist, als der er sich jetzt aufspielt; sie sagt es jedesmal leiser, und dann fängt sie an ihn zu bitten, er soll die Pistole weglegen. Sonst werde sie die Polizei rufen.

Ruf sie nur, ruf nur die Polizei! sagt der Mann zu ihr. Noch bevor du aufgelegt hast, werden wir alle tot sein, und wenn die Blauen kommen, wird die Hütte auch schon brennen. Das denkt er nicht im Ernst, er droht nur, um ein bißchen Zirkus zu machen, damit die beiden einen Schrecken kriegen und er sein Selbstvertrauen wiederfindet. Nur, was machen die Leute, denen so etwas passiert? fragt er sich erneut. Verständlicherweise spricht niemand gern über solche Sachen. Wie auch immer, Gewalt scheint ihm unangemessen, seiner Natur nach ist er eher eine ruhige Seele, außerdem wartet auf ihn, das hat er gesehen, trotz allem genauso wie immer in der Küche das Mittagessen, ein schönes gebratenes Hähnchen im Ofen erinnert ihn daran, daß die Frau nicht so schlecht ist, wie es im Moment den Anschein hat.

Er könnte schwören, daß dieser Teufel von allein losgegangen ist, irgendwo auf halbem Wege zwischen seinem Hals und dem des Freundes, und die Kugel direkt in den Fernseher. Es knallt fürchterlich, dann ist es ganz still. Nicht einmal die Frau kreischt, wie zu erwarten gewesen wäre, alle spitzen die Ohren, was passiert jetzt, wer wird als erster gegen die Tür hämmern? Nichts. Noch immer dichte Stille. Als hätte keiner was gehört.

Dann sagt die Frau leise, also, ich habe schon gedacht, daß

wir endlich einmal die Bekanntschaft unserer Nachbarn machen werden, und lacht aus vollem Hals. Der Freund sieht sich um, und der Mann weiß, warum er sich unbehaglich fühlt und herumdruckst, er sagt zu ihm, er soll sich nur anziehen, was, wenn die Polizei doch käme, er könne der Polizei doch nicht so mit nacktem Hintern entgegentreten, mit der Frau werde er schon ein anderes Mal abrechnen. Der Freund nickt, er zieht seine Hose hoch, er fragt den Mann, ob er überhaupt wisse, wie sehr er zittere. Ich zittere vermutlich wirklich, denkt der Mann, so hätte ich ja nicht einmal mich selber getroffen, selbst wenn ich die Absicht gehabt hätte, und überhaupt, was will ich mit der Pistole? Das ist nichts für mich. Und so wickelt er sie sorgfältig wieder in das T-Shirt, legt sie aber trotzdem vor sich auf den Tisch, damit noch immer klar ist, wer Herr der Lage ist. Sein Mund ist trocken, er spürt, wie ihm jetzt ein Bier zusagen würde, er geht in die Küche, zum Kühlschrank, aber dort ist nichts mehr zu trinken.

Der Mann fragt die Frau, wohin zum Teufel sein ganzer Vorrat verschwunden sei. Der Freund räuspert sich, er müsse schon entschuldigen, der Tag sei heiß gewesen, was solle man machen, und dann, der Mann kenne ihn ja und wisse, daß er beim Trinken wirklich schwer aufhören könne, wenn er einmal angefangen habe. Er werde sich revanchieren, sagt er, er würde ihn sehr gern über die Straße auf einen Schluck einladen. Die Frau sagt, sie komme auch mit, und so gehen die drei und trinken eine Runde und noch eine.

Als sie schon ein paar getrunken haben und Sperrstunde ist und ihnen die Kellnerinnen schon den Stuhl unterm Hintern wegziehen, sagt der Mann zu seinem Freund, also, nimm meine Frau mit und entschuldige, daß ich euch erschreckt habe, entschuldige meinen Egoismus, ich wünsche euch Glück im gemeinsamen Leben, und wenn ihr einmal etwas Geld übrig habt, könnt ihr mir einen neuen Fernseher kaufen, und alles ist in Ordnung. Er ist sich dessen bewußt, daß er irgendwie sentimental redet, aber was soll's, denkt er sich, es kommt von Herzen.

Und der Freund sagt zu ihm, nein, bring du sie nach Haus, sie gehört ja dir, vorher aber schlag mich. Ja, schlag mich, brich mir die Nase und sag zu mir, daß ich ein Lump bin. Und wenn das nicht reicht, du weißt ja, wo ich wohne, wahrscheinlich hält auch die Meinige nicht alle Vormittage die Beine zusammen. Und die Frau sagt, noch bevor der Freund richtig zu Ende kommt und sich endlich ein richtiges Männergespräch entwickeln kann, prügelt euch nicht meinetwegen, ich bin euer nicht wert, wahrscheinlich müßte ich unter einen Zug oder so, aber das Leben hat auch seine schönen Momente, die möchte ich nicht gerne versäumen, ich habe schon zuviel versäumt, das versteht ihr doch, ja ... Also, das versteht ihr doch.

Stimmt, sagt der Mann, eigentlich haben wir zu Hause noch das Hähnchen im Ofen, so was läßt sich rasch aufwärmen, sollen wir nicht wieder zu uns gehen? Den ganzen Tag habe ich noch nichts gegessen. Ich auch nicht, stimmen ihm beide zu, und so erbetteln sie noch eine Runde für auf den Weg und gehen das Hähnchen essen. Du willst mich also nicht verprügeln? fragt der Freund, als sie die letzten Knöchelchen abnagen, als sie sie über die Schulter auf die Scherben werfen, als alles weichere Konturen anzunehmen beginnt und dem Mann der Blick auf den zertrümmerten Schlund des Fernsehers immer vertrauter wird. Der Mann winkt mit der Hand ab: Ist das überhaupt der Erwähnung wert? Wir sind Freunde, nicht wahr?

Jetzt würde er gern nach Haus fahren, sagt der Freund, es ist schon mehr als spät, meine Frau wird in Sorge sein, ich bin ein zuverlässiger Mensch, ich komme, wann ich gesagt habe. So betrunken darfst du nicht ans Steuer, hämmert ihm der Mann ein, du kannst bei uns übernachten, das Leben ist zu wertvoll, damit darf man nicht spielen. Gut, sagt der Freund, gut, wo soll ich mich hinlegen? He, versteh mich nicht falsch, so habe ich es nicht gemeint, fügt er rasch hinzu.

Der Mann schweigt, er sieht seine Frau an. Auch sie schweigt. Wie lange geht diese Sache eigentlich schon? fragt der Mann. Die Frau schweigt noch immer. Du willst es doch gar nicht wissen, stimmt's? sagt sie endlich. Du weißt ja selbst, in Wirklichkeit ist das Leben eine Operette. Wozu sollen wir uns verstellen? Wir bemühen uns alle, daß es nicht vorbei ist, bevor wir es überhaupt bemerkt haben. Daß wir irgendwie ... Ich meine, irgendwie ...

Ich verstehe nicht, sagt der Freund, was redet ihr denn, redet ihr beide immer so miteinander? Entschuldigt, ich bin sehr müde, ich werde mich einfach hier hinlegen. Und er legt sich auf die Couch im Wohnzimmer und fängt sofort an zu schnarchen.

Frau, sagt der Mann, dein Hähnchen wird immer besser, aber: Hab' ich das wirklich verdient? Schau ihn an, nicht einmal die Schuhe hat er sich ausgezogen. Und mit so was finde ich dich. Entschuldige, sagt die Frau, dein Freund ist er, du hast ihn ins Haus gebracht, du hättest wählerischer sein müssen. Ich habe leider nicht oft die Gelegenheit, Männer kennenzulernen. Weißt du, mein Leben ist nicht gerade so, wie ich es mir erwartet habe. Was soll's, soll ich heimlich darüber weinen? Du weißt ja, jeder hilft sich auf seine Weise. Und, entschuldige bitte, auch ich bin etwas müde, es war ein anstrengender Tag. Was wäre, wenn wir schlafen gingen? Morgen mußt du wieder zum Dienst, vergiß das nicht.

Und so gehen sie ins Schlafzimmer, legen sich hin und fassen sich wie jeden Abend an der Hand. Der Mann sieht die Laken und sagt: Die Blümchen gefallen mir nicht, da muß etwas Neues her. Die Frau murmelt etwas, sie streichelt seinen Arm und schläft sofort ein, müde vom Tag, der Mann sieht noch lange an die Decke, im Mund spürt er den salzigen Geschmack der

Hähnchenkruste, und er überlegt, ob er nicht vielleicht zuviel für die Pistole bezahlt hat und ob er vielleicht jemanden finden würde, der sie für einen soliden Fernseher in Tausch nimmt. Morgen, überlegt er, morgen muß er seinen Freund fragen, ob er jemanden kennt, der sich für den Tausch interessieren könnte. Denn es muß doch Leute geben, denen eine solche Sache recht kommt, die Zeiten werden ja doch immer unzuverlässiger. Ein Glück, daß der da unten, der auf der Couch schnarcht und sich nicht einmal die Schuhe ausgezogen hat, sein Freund ist, überlegt er, als ihn der Schlaf überkommt. Jemand anderen hätte er vielleicht wirklich erschossen, und dann wäre jetzt alles größer als sein Wille, dann gäbe es keinen Weg zurück. Ein Glück.

[OBERFLÄCHE]

Sie ließen das Auto am Straßenrand, und der Mann kontrollierte besorgt, ob er es weit genug von der Fahrbahn abgestellt hatte. Ihn überkamen Bilder des Entsetzens: Irgend so ein unbekümmerter Vorbeifahrer könnte es schrammen! Er sah auf den Schlüssel in seiner Hand, er überlegte, ob er sich noch einmal ans Steuer setzen sollte, das Getane korrigieren, aber er konnte sich nicht entscheiden: Täte er es, würden sich die Lippen der Frau zu einem leicht zitternden, schmalen, höhnischen Strich zusammenziehen. Nichts kannst du richtig machen, würde diese vertraute Fratze zu ihm sagen, nichts geht beim ersten Mal, nichts ohne Korrigieren.

Die Frau half dem Kind aus dem Sitz zu krabbeln, dann nahm sie den mit einem Tuch bedeckten Korb, in dem sie ordentlich, genau, überlegt die Jause verstaut hatte, wie es sich nach allen Regeln für einen sonntäglichen Familienausflug gehörte. Der Mann tat so, als würde er begeistert die frische, mit dem Duft frischen Grases erfüllte Luft einatmen, in Wirklichkeit aber kontrollierte er insgeheim die Position des Autos, bis seine Frau mit unverhohlenem Unmut zu ihm sagte, daß der Kleine schon vorgelaufen sei und daß man ihm hinterher müsse.

Das Gras war hoch, fest, richtig dunkelgrün, und als der Mann hindurchging, mußte er zugeben, daß es nicht so frisch roch, wie er sich anfangs eingebildet hatte, daß es genaugenommen einen schweren, fast stickigen Geruch verströmte. Als der Kleine durchs Gras lief, sah ihn der Mann nur noch ab der Hüfte. Er ging schneller, dann sah er, daß er so den Kleinen nicht einholen würde. Er schrie hinter ihm her, er solle anhalten, aber der Kleine lachte nur und winkte. Der Mann zögerte, er sah sich nach dem Auto um und sah dort seine Frau, die ihm winkte, er solle sich beeilen; deshalb fing er an zu laufen.

Plötzlich bleibt der Kleine abrupt, verkrampft stehen. Der Mann kommt näher, er ist nur noch ein paar Schritte entfernt, als er sieht, daß das Kind unmittelbar am Rand eines Flußkanals steht, der sich durch den Grasteppich zieht und dem Blick bisher verborgen war, verborgen im Gras. Der Kleine schwankt an diesem Rand, er schaut mit großen, erschrockenen Augen zum Vater. Dann zieht ihn das eigene Gewicht über den Rand hinunter.

Der Mann reckt den Körper, die wenigen Schritte überwindet er in einem Sprung, er ist schon am Rand, er wirft sich ins Leere, er springt dem Kind nach. Erst als sein Körper vom trüb-schmutzigen Wasser, das nach Fäulnis stinkt, umfangen wird, erinnert er sich: Er kann nicht schwimmen. Aber jetzt, jetzt ist das nicht wichtig. Weil er schwerer ist, sinkt er schneller, tiefer als das Kind, unter dem Wasser ertastet er es, ergreift es um die Hüfte und beginnt zu strampeln, so sehr er nur kann. So irgendwie geht das Schwimmen, scheint ihm. So versucht er es, er hat keine Wahl.

Seine Schuhe rutschen ihm von den Füßen und versinken in der Finsternis, die darunter gähnt. Dem Mann kommt alles viel zu lange vor, viel zu lange, daß sie sich überhaupt nicht bewegen, daß sie nicht an die Oberfläche kommen. Und gleichzeitig überlegt er in der seltsam komprimierten Zeit, die in seinem Kopf stehengeblieben ist, daß sie so lange doch nicht unter Wasser sein können, denn die Luft, die er eingesogen hat, unmittelbar bevor er durch den Wasserspiegel gebrochen ist, wird überhaupt nicht weniger, und seine Lungenflügel scheinen noch richtig voll zu sein.

Endlich strampelt er sich an die Oberfläche und zieht auch seinen Sohn mit hinauf. Der spuckt einen Schwall trübes Wasser aus und fängt an zu weinen. Den Mann überkommt der Wunsch, ihn noch fester zu umarmen, ihn noch enger an sich zu pressen, um ihn einfach zu halten und sich um nichts zu kümmern, um gar nichts auf der Welt; in dem Moment spürt er, wie es ihn wieder hinunterzieht, und wieder beginnt er zu strampeln.

Die Frau am Ufer streckt die Arme aus, und der Mann bemerkt verwundert, daß er auf ihrem Gesicht zum ersten Mal in all den Jahren so etwas wie Verwirrung, wie Unsicherheit erkennt, das Eingeständnis, daß sie von der Welt überrascht wurde, die ihr gezeigt hat, daß sie manchmal nicht weiß, wie sie die Dinge nach ihrem Maßstab ordnen soll. Er gibt ihr das Kind: Plötzlich ist der Kleine federleicht, gewichtslos, als wäre er gerade geboren, und genauso wie damals, als er ihn zum ersten Mal entgegennahm, noch feucht vom Geburtswasser, ist er ganz weich und willig, bereit, ihr ganz und gar anzugehören. Die Frau stellt ihn neben sich, und der Kleine schmiegt sich sofort an ihren Schenkel und schaut besorgt zum Vater, der zwischen den Steinen, die in die Mündung des Kanals gelegt sind, nach einem Halt sucht, um sich ans Ufer zu ziehen.

Endlich gelingt es ihm: Er zieht sich empor, das Gesicht ganz nah an der Erde, so daß er die winzigen Poren sieht, die Grabelöcher der Ameisen, der Würmer, aller möglichen Kleintiere, so daß ihm der Erdstaub in die Nasenlöcher dringt. Dann kommt er hoch und will irgendwie seine Kleidung glattstreichen, die zerdrückten, durchnäßten, verdreckten Sachen abwischen. Da wird er sich bewußt: Diese Bewegung ist lächerlich. Er hält inne, und seine Arme schwimmen seltsam unkontrolliert in der Luft. Er sieht ihren Flug und denkt sich: Komisch. Komisch.

„Wie geht es dir?" fragt er das Kind. Das sieht ihn ernsthaft an. „Gut", sagt es. „Gut. Ich hatte Angst, daß ich weitergehen würde. Weiter hinunter. Weiter hinein." Er drückt das Kind an sich. Er riecht den Morast und den Moder in seinen Haaren und winkt der Frau, die ihm das Tuch reicht, mit dem sie den Korb bedeckt hat. Langsam und zärtlich wischt er ihm die Haare ab, der Sohn sieht ihn regungslos an, und über seine Wangen rinnen Tropfen. Sie hinterlassen eine feuchte, an den Rändern schmutzige Spur.

Am Abend sitzt der Mann auf der Bank vor dem Haus und raucht. Die Frau bringt ein Tablett. Aus der Teetasse windet sich der Dampf. „Der Kleine schläft", sagt sie und legt dem Mann die Hand auf die Wange.

Der Mann muß an ihre Geste denken. Er muß an das Gesicht denken, das er gesehen hat, als er mit dem Kleinen an die Oberfläche gekommen war. Du wirst mich nicht mehr unterkriegen..., denkt er. Jetzt weiß ich: Wir sind gleich. Beide gleich. Beide wissen wir nicht, wie. Aber du kannst es nicht mehr leugnen.

Ich werde meinen Dienst aufgeben, überlegt er. Es hat keinen Sinn. Der Bürokram ist immer der gleiche. Das Leben ist zu kurz. Und ich muß sagen, wie ich mich fühle. Auch ihr. Das kann nicht für immer sein. Etwas gehört verändert. Auch wegen des Kleinen. Er hätte einfach weitergehen können. Weiter hinein. Und ich ihm nach. Wir hätten beide dort drinnen bleiben können. Dort unten. Sind wir aber nicht. Wir sind beide herausgekommen. Und jetzt werden wir hier bleiben. An der Oberfläche. Du wirst mich nicht mehr unterkriegen, nein.

Er schnippt die halbgerauchte Zigarette in die Luft und schickt ihr einen Blick nach. Die letzte, sagt er zu sich. Die letzte. Für einen Moment bleibt der glühende Punkt über ihnen schweben, dann fällt er herab und erlischt. Der Mann spürt, wie das geöffnete Gewölbe des Himmels näher kommt, wie es ihn umfängt, er spürt die Annäherung des Weltalls, er riecht die mürbe Spur der Kometen, sein Gesicht streift das Gewicht ferner Welten. Galaxien tun sich auf und laden ihn ein. Der Mann weiß: Das ist der Anfang; das ist erst der Anfang.

FOLIO VERLAG Transfer

Sämtliche Bände 13,5 x 21 cm

Freimut Duve/Nenad Popović (Hg.) Bd. XXIV
Verteidigung der Zukunft. Suche im verminten Gelände
Franz. Broschur, 187 S., ISBN 3-85256-136-1

Miljenko Jergović Bd. XXV
Mama Leone. Erzählungen
Hardcover, 315 S., ISBN 3-85256-120-5

Olga Sedakova Bd. XXVI
Reise nach Brjansk. Zwei Erzählungen
Hardcover, 129 S., ISBN 3-85256-127-2

Freimut Duve/Nenad Popović (ed.) Bd. XXVII
In Defence of the Future. Searching in the Minefield
Franz. Broschur, 195 S., ISBN 3-85256-147-7

Zoran Ferić Bd. XXVIII
Engel im Abseits. Neun Erzählungen
Hardcover, 140 S., ISBN 3-85256-085-3

Michael Hamburger Bd. XXIX
In einer kalten Jahreszeit. Gedichte
Franz. Broschur, 58 S., ISBN 3-85256-154-X

Freimut Duve/Heidi Tagliavini (Hg.) Bd. XXX
Kaukasus – Verteidigung der Zukunft
24 Autoren auf der Suche nach Frieden
Franz. Broschur, 310 S., ISBN 3-85256-161-2

Freimut Duve/Heidi Tagliavini (ed.) Bd. XXXI
The Caucasus – Defence of the Future
Twenty-Four Writers in Search of Peace
Franz. Broschur, 281 S., ISBN 3-85256-171-X

Drago Jančar Bd. XXXII
Die Erscheinung von Rovenska. Erzählungen
Hardcover, 194 S., ISBN 3-85256-160-4

Martin Kubaczek Bd. XXXIII
Strömung. Erzählung
Hardcover, 175 S., ISBN 3-85256-162-0

Alexander Pjatigorskij Bd. XXXIV
Erinnerung an einen fremden Mann. Roman
Hardcover, ca. 194 S., ISBN 3-85256-188-4

Luis Stefan Stecher Bd. XXXV
Korrnrliadr. Gedichte in Vintschger Mundart
Hardcover mit Audio-CD, ca. 140 S., ISBN 3-85256-189-2